# 玻璃公主

米塔乐 著

中国华侨出版社
·北京·

### 图书在版编目（CIP）数据

玥璃公主 / 米塔乐著. --北京：中国华侨出版社，2024.1

ISBN 978-7-5113-9062-2

Ⅰ．①玥… Ⅱ．①米… Ⅲ．①长篇小说—中国—当代 Ⅳ．①I247.5

中国国家版本馆CIP数据核字(2023)第179740号

## 玥璃公主

| | |
|---|---|
| 著　　者： | 米塔乐 |
| 责任编辑： | 黄振华 |
| 封面设计： | 龙承文化 Longcheng wenhua |
| 经　　销： | 新华书店 |
| 开　　本： | 880毫米×1198毫米　1/16开　印张：12.5　字数：160千字 |
| 印　　刷： | 河北浩润印刷有限公司 |
| 版　　次： | 2024年1月第1版 |
| 印　　次： | 2024年1月第1次印刷 |
| 书　　号： | ISBN 978-7-5113-9062-2 |
| 定　　价： | 58.00元 |

中国华侨出版社　北京市朝阳区西圳河东里77号楼底商5号　邮编：100028
发行部：(010) 64443051　传　真：(010) 64439708
网址：www.oveaschin.com　E-mail：oveaschin@sina.com

如发现印装质量问题，影响阅读，请与印刷厂联系调换。

# 目录

001 / 楔　子

009 / 绝境逢生

029 / 拜入师门

053 / 浮而不实

073 / 初到叶绮国

095 / 叶绮国的内战

115 / 雨后春笋

145 / 进入帝国学院

175 / 消失的梦洛

194 / 后　记

# 楔子

良人怎奈变故人，旧城之下念旧人！

静待一树花开……

这一条街静得像在午睡，桐树上有新蝉单调而又倦人的声音，许多小小的屋里，湿而发霉的土地上，头发干枯脸儿瘦弱的孩子们，皆蹲在地上或伏在母亲身边睡着了。

因为这世界太暗淡了，一点点颜色就显得赤裸裸的，分外鲜明。

玥璃一个人在家无聊，便爬上阁楼抱起一本书阅读，不一会儿就陷入睡梦中。

姐姐！

姐姐！

是谁在叫我？

人生自古谁无死，我诅咒苍天负我千年，死于地府又何妨！一步杀一人，修我战甲，重塑肉身，血染天下。

我愿你平平安安地度过此生……

是弟弟吗？

弟弟现在不是应该在医院吗？

你是谁？

蝶梦王朝，花尽谷最南侧，飘雪花海此时和它的名字一样恐怖至极，里面早已是腥风血雨。

成群的山脉，此起彼伏，四周安静到极点。

一片密林之中，幽静的小道上，一辆华丽宽敞的马车正飞速驶过。

只见躺在地上的少女，缓缓起身，一身血衣，面色苍白如纸，消失在花海中……

早晨的阳光徐徐洒在细腻精致的浮雕上，石门槛上流畅的线条刻画出卷草花纹。院内，那玲珑精致的亭台楼阁、清幽秀丽的水廊，还有大假山，特别是那绕在大殿旁边的雕龙，鳞爪张舞，好像要腾空而起似的。

夜晚悄悄地降临，暮色夕阳，枯叶飘零。

血一般的霞光，坠在暗黑色的江面上，当霞光消失的时候下起滂沱大雨，巨大的灵力冲击在黑沉沉的皇宫之上，整个皇宫显得黑暗密布、阴森潮湿，然而皇宫内的坤宁宫却是灯火通明。随着琼梦国的坤宁宫中响起婴孩的啼哭声，陆地渐渐恢复了平静，天空中出现了一道彩虹和万鸟争鸣的现象，久久没有子嗣的梦皇急匆匆地从内殿走出，抬头望向天际，急切地问一旁的观星大臣："爱卿，这是何兆头？"

那位身穿官服的人皱眉，抬头看着天边的景色，淡淡地说了一句："异界之魂，穿越的旅行者，好好栽培可给我国带来无尽的幸福，可若轻视怠慢便会有血光之灾。"

婴孩的哭声越来越强，梦皇紧皱着眉头，在坤宁宫门口来回走着，直到一个苍老蹒跚的奶娘，抱着一个孩子慢慢地走过来，一下子跪在地上，满脸兴奋地说："皇上，生了生了！是一位小公主。"

这里究竟是哪儿？

我不过是一个普普通通的大学生，等等！我怎么变小了？

梦皇心想，还好不是一个男孩，然后接过孩子，嘴角慢慢上扬，威严有力地说："皇后生女有功，赐黄金千两，刚进贡的西州丝绸赏赐十万匹，小公主就赐名为玥璃。"

帝王一令，整个皇城震撼。

玥璃？这不就是我看的那一本书吗？那本书我还没有看完，并不知道自己的结局啊！

这下惨了，我要怎么回去，我爸妈应该着急了吧！

所有人都在暗自猜想着，这个引发异象之人，究竟是好是坏……

奶娘一行人跪在地上磕头大喊："恭贺皇上喜得明珠，皇上万岁万岁万万岁，公主千岁千岁千千岁。"

天边的异象逐渐褪去，那震撼人心的火红逐渐收敛，最终淡出了人们的视野。

一抹天光自东方穿云出现，东方既白，黎明将至。

婴儿的小手伸向梦皇，梦皇小心翼翼地抱着玥璃迈上九重石阶。进入房间，纱幔低垂，朦朦胧胧，四周石壁全用绸缎遮住，就连室顶也用绣花毛毡隔起，既温暖又舒心。梦皇看着虚弱苍白的皇后向宫人吩咐道："照顾好皇后，不得有误。"

时间转瞬即逝，转眼间小公主已经6岁了。

皇宫内的庭院里，一名有着绝世容颜的女孩手执长剑，身穿淡紫色衣裙，外套一件洁白的轻纱，及腰的长发伴着樱花被风吹得漫天飞舞。突然，女孩看到一个穿着一身月牙色衣服，衣服上用金丝绣着华丽图案，下颚方正，目光清朗，十分俊秀的男人从假山后走过来，便停下行礼道："父亲安好。"

梦皇点点头说："不错，有进步，我们先喝点茶。"说着摆手让身后的侍女拿着茶和点心过来。

梦皇后："我们的女儿真是越来越厉害了。"

玥璃眨了眨眼睛说："谢谢母亲夸奖。"

"公主，您打扮起来可真漂亮呢！"侍女看着女装的玥璃忍不住发出一声带着惊叹的赞美。

"奴婢活了这么大，从来没有见过像公主这么漂亮的女子！"

集千万人的宠爱于一身的她不知道危险什么时候来临，便从小学剑，经常穿上男装和父亲一起上朝。

然而百姓和大臣们知道这就是公主。

楔子

皇上走后,梦皇后紧紧抓住玥璃的手臂说:"女儿,在琼梦国里你千万不能使用灵力知道吗?如果被人看见你使用了灵力,他们就会把你看作不祥之物除掉的,这个玉佩给你保身,以后你会有用的。"梦皇后轻轻地抚摸着玥璃的长发担忧地看着她。

玥璃接过玉佩,默默地记住母亲说的每一句话。

这样的安宁在三年后的一个冬天戛然而止。那天,月色惨淡,冷风呼啸,漆黑的夜幕被闪电劈碎,轰隆隆的雷声滚滚而过,只见雪花纷纷扬扬地从天上飘落下来,四周像拉起了白色的帐篷,天地间白茫茫一片。

寂静的皇宫中再次响起婴孩的啼哭声,梦皇后这次生下了一个男孩,所有人都为此欢喜,却不知这将是一个噩梦的开始。

梦皇看着天边的景色有点儿忧愁却又高兴地说:"赐字洛,就叫他梦洛吧!"

这姐弟两人注定不平凡啊!

梦洛的诞生使一部分大臣明显偏向太子,另一部分大臣表面上虽不敢怠慢玥璃公主,可只要有梦洛出现的地方,那里便会自发热闹起来。

随着梦洛长大,习惯了衣来伸手饭来张口的他,不学无术却想夺得皇位。然而当他知道了父皇还没有打算把皇位传给他时,他便开始偷偷培养自己的势力,并对皇位越发渴望。

梦洛从小体弱多病,不能习武,但鬼点子很多。

发烧时,他就把药碗摔破称是姐姐打破的;玩游戏时,自己摔倒在地上,就说是姐姐推的。

就这样姐弟两人的矛盾越来越大,但其实这只是明面上的。

实际上,梦洛知道姐姐的能力,她以后绝不会被困在这小小的皇宫里,所以梦洛为了保护好自己的姐姐,才故意让流言蜚语满天飞……

这些说法越来越多,梦皇和梦后不相信这些谣言,直到梦皇亲眼看见梦洛自己跳进河里并大喊:"救命!姐姐,我不会游泳啊!"呼喊声越大,聚集的人也就越多。

人群中显得孤独的玥璃只是轻轻地摇了摇头,大步离开。

陷害的增多让玥璃更加痛苦。

每一次弟弟的玩笑和陷害让玥璃身上鞭伤新伤加上旧伤,她异常疼痛却一句话都不敢说,连侍女看着都心疼,但玥璃淡淡地说:"没事,习惯了。"

梦洛知道只有这样做才能保护好自己的姐姐，明面上总是口是心非，晚上却又偷偷地跑去送上最好的伤药。

夜晚，皎洁的月光照进倾梦轩，一个女孩儿看着外面的景色，流下了一滴泪，而她清澈的紫眸却如同点了水一般明亮起来。

"任何一件事努力到最后都是好事，如果不是，那就说明还没有到最后，太阳依然会升起，一切都会好起来的。"玥璃轻轻喟叹一声。

谁也无法猜测她的心思，谁也不能猜测。

你究竟是为了什么呢！我真是越来越搞不懂你了。

姐姐，我会保护好你的，真的！

旁人的非议越来越多，玥璃却依旧装作坚定的样子在人们面前出现。

时光飞逝，玥璃的成年大典即将举行，大臣们纷纷反对梦皇举行这次成年大典，但梦皇不顾大臣们的意愿，要更隆重地举办这次宴会，并将其他四国的继承人，也邀请到这次大典上。

这时，梦洛已经10岁，并且拥有一支强大的暗卫队伍。

三天后，侍女淑娟站在玥璃身旁说："公主，一切都已经准备好了，其他四国的客人已经入座了。"

玥璃点头，深吸一口气推开门走进大殿站在中央，这时的她身穿白衣裙，外套蓝色的轻纱，宛如湖边的精灵一样神秘、高贵。

而梦洛身高七尺，偏瘦，穿着一身绣着墨绿色花纹的紫长袍，外罩一件亮绸面的乳白色对襟袄褂子，乌黑的头发梳着整齐的发髻，套在一个精致的白玉发冠之中，他静立于殿中平静得没有一丝情绪。

梦皇瞥了一眼梦洛开口道："欢迎各位来到公主的成年大典，玥璃接旨。"

玥璃刚跪下，就有一位内侍拿着提前拟好的圣旨来到梦皇身旁大声地说："奉天承运，玥璃温婉贤淑，能文能武，定为王储，接旨。"

玥璃没想到梦皇会直接立自己为王储，硬是愣了一下，而后赶紧开口说："臣女玥璃接旨。"梦洛悄悄握紧拳头，随后又平静了下来。

突然一支箭直直地射向玥璃，玥璃没反应过来，淑娟迅速冲过来用身体挡住了那支箭，玥璃大喊："淑娟！"

淑娟有气无力地说："从小我就一直陪伴在公主身边，现在我……我不在

楔子

了，公主要照顾好自己，一定要好好吃饭……"

玥璃抱住淑娟的尸体一脸迷茫。梦皇一把拉起玥璃，准备离开这危险之地。

只见无数支箭射向玥璃和梦皇，场面乱成一团，梦洛也拿起剑在梦皇背后悄悄地杀掉自己人，梦皇带着玥璃逃出去，去到自己的书房，拿下一本书推进去，是个机关，一道暗门开启，一束奇异的光照进玥璃的身体。

梦皇淡淡地说："这一天终于到了，没想到这么快，女儿，快走！你是……"随着机关声响起暗门被关上，梦皇把书放回原处后整理了一下书架。

走出书房时，梦洛带着一群人围住梦皇说："姐姐呢？父皇您真不听话呢！竟然把她给放走了。"

梦皇怒道："你究竟想干什么？现在皇位已经是你的了，你放过你的姐姐好不好？"

梦洛抬手："我根本没想要姐姐的命，只是想把姐姐困在这里陪我罢了，既然姐姐不想要这琼梦国，要离开，那我只好毁了它。"说完一名暗卫从背后将一把长剑刺入梦皇心脏，伤口喷血不止，鲜血慢慢染红了大地。在惊心动魄的刺杀之后，皇宫没有了往日的安宁与祥和，取而代之的是满目疮痍和毫无生气的宫殿，而在这之后，梦洛和另一名太子不知所终。

"血肉模糊的灵魂也曾想着摘花送给神明，真是可笑啊！"梦洛哀叹一声。

未来的路伸手不见五指，多少磨难和挫折，伤害和背叛，都在等着我。

天边弯月，银光荡漾，雪落清辉，雨丝迷茫……

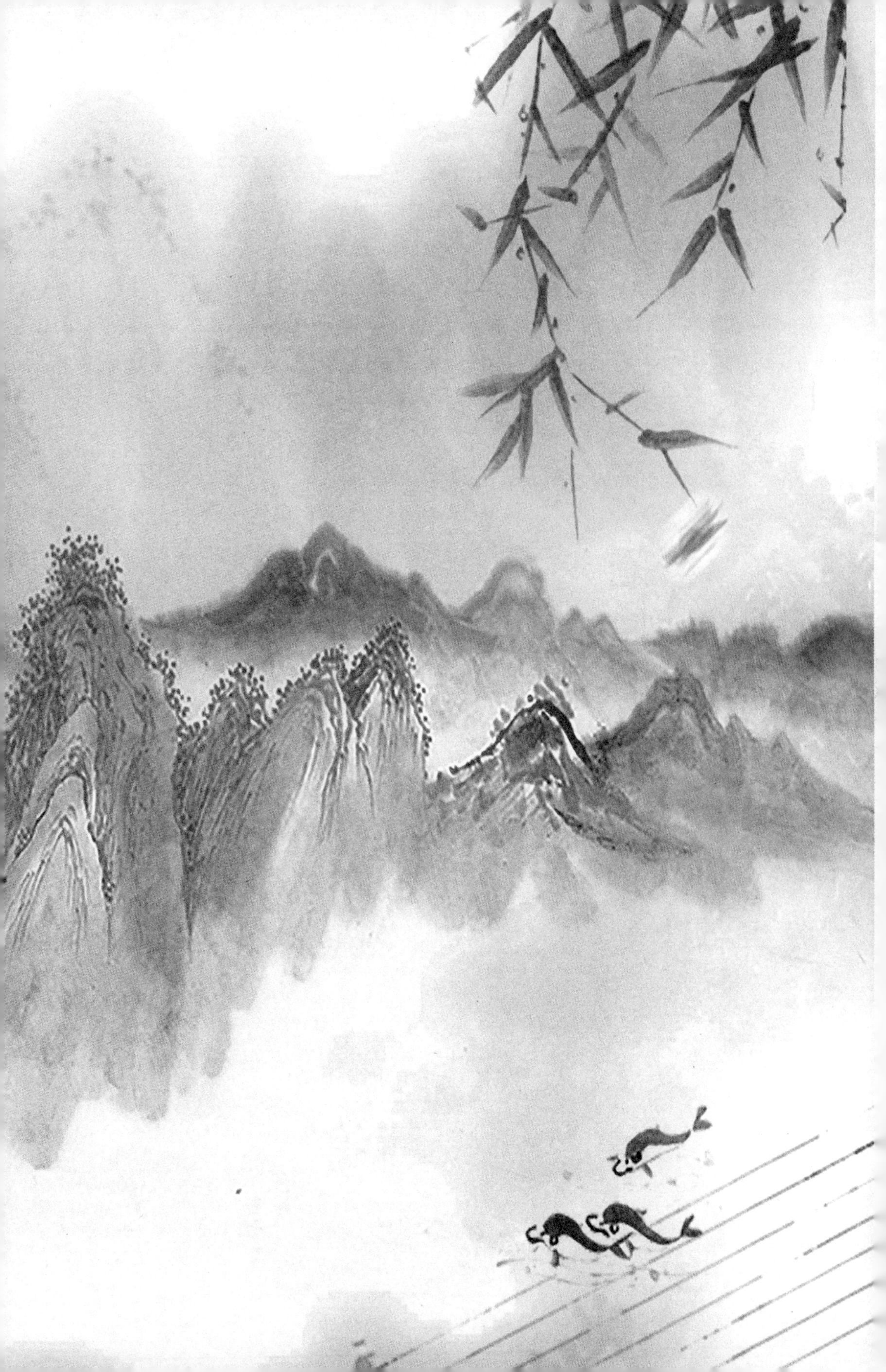

# 绝境逢生

## 1

玥璃沿着密道走了好一会儿又返回书房，小心地四处看了看，只见皇宫中遍地鲜血，无人生还。

玥璃倒在地上号啕大哭起来，她悲痛，她愤怒，却无可奈何。

突然，玥璃握紧拳头从地上站起来，目光坚定地望向整个皇宫，走进倾梦轩把头发扎起来，穿上男装，摇身一变成为一个翩翩公子，拖着沉重的身子又从刚才的密道走出去。

而她没有发现皇宫屋顶上还有一个人，在观察着她的一举一动。他像王者一样深不可测，不过一眨眼就不见了。

"真是有趣！虽然天下没有不散的筵席，但人生何处不相逢，我们还会再见的。"屋顶上的人说。

另一边，冯香国以为梦洛才是传说中那个可以改变命运的尊贵的人，便将他带走保护起来，却不知真正的天选之子已经逃走了。

梦洛替姐姐扛下了这担子。

姐姐，希望你一切安好……

山风微微，像月下晃动的海浪，温和而柔软，停留在背后的记忆，变成小时候的故事。

玥璃一时不知应该往哪里走，因为自己的家园已经毁于一旦。

随后不久，她听见远处有马蹄声，便凭借自己的记忆在山林中躲开了一些危险，隐蔽自己的身影快速地往前跑，终于在天黑之前找到了一处山洞，但又一不小心落在了一个看似悬崖的地方。

也不知是不是玥璃运气好，一路上只是遇到了一些低阶玄兽。玥璃捂着自己的心脏，仔细地观察四周确定没有危险之后，正往前走时，突然发现前方有一个虚弱的妇人坐在地上，满地鲜血刺痛了玥璃的眼。

她走到那位妇人面前一看，惊诧地叫了声："母亲！"

梦婷看到平安的玥璃，激动地蠕动着嘴唇说："你没事啊！真好，幸亏他还说话算数把你给安全送出宫了，你可绝对不能有事！"随即艰难地移动着自己的身子，靠近玥璃，一脸严肃地握住玥璃的手说："其实你不是我的女儿，我的女儿出生当天已经夭折了，我是你母亲的侍女，你母亲叫……"

暗夜中一道银剑刺进梦婷胸口，鲜血喷溅。

玥璃马上回头大声喊："谁？"

可没人回答她，她开始对自己的身世好奇了起来。

这时，梦皇突然从另一头的石壁里走出来说："你不是我们的孩子，希望你能找到你的归属。"

玥璃诧异地点头："您没事，太好了！"

梦皇微微点头说："皇宫里的梦皇是我的一名暗卫假扮的，我就知道那小子会谋反的，你现在要去找你的母亲吗？我相信她还没死。"

"那这支银箭……"

究竟是谁在阻挡她了解自己的身世呢！

一个磁性低沉的声音响起："逃犯已死，撤。"声音回荡在山洞中，清冷得如同一汪死水，毫无波澜。

玥璃捂住嘴巴，不让自己发出一丁点儿声响。

梦皇看着那个男人的方向对玥璃说："你母亲的敌人很强大，一定不要暴露自己的真实身份，很晚了，睡吧！孩子，我守着你。"

在紧张与疲惫中，玥璃在洞中迷迷糊糊地睡了一晚，第二天太阳一照进洞里，她发现梦皇已经走了，得到自由的玥璃为了让自己变得强大起来，打算云游其他四国寻找自己的母亲。

迷迷茫茫中往前想穿过森林时，她看见一条亮晶晶的小溪，便走到小溪中抓鱼，却不承想溪中还有一名男子也在水中抓鱼，不过他的样子却很狼狈，玥璃本想和他打声招呼，但捉完三条鱼后发现人已经不见了，而自己已经抓够鱼，便坐在溪边生火烤鱼。

过了一会儿，那名陌生男子淡蓝色素衣裹身，外披白色纱衣，露出线条优美的颈项和锁骨，紧张地走到火堆旁小心翼翼地搓了搓手说："我可以和你一起烤着吃吗？我好像不会生火。"

玥璃点了点头，那名男子坐到她旁边，她发现他五官秀美得简直不像男子。

过了一会儿，那名美男子一边吃着烤鱼一边说："我叫朱珊琪，是沃朱国的人，你是哪里人啊？我还没见过你这么漂亮的人。"

玥璃看了一眼男子说："我叫玥璃，是一个无家可归之人。"

朱珊琪随即又问道："你这是要往东南方向走吗？我们一起呗！你可以去我们沃朱国转转，我们沃朱国也算是一个大国了。"

玥璃犹豫了下便答应了，毕竟多一个同伴多一份保障。

沿着小溪慢慢走进另一片大森林，朱珊琪拉住玥璃挡在前面说："这是魔雾森林，要不我们绕道走吧！这里的魔兽最近暴动了，很危险。"

玥璃往森林深处望着，突然森林深处像有一样东西在吸引她似的，她说："就从森林中间穿过吧！我想挑战一下自己。"

朱珊琪看着玥璃坚定的眼神，只好耸耸肩跟上去。

走进森林，看到地上的森森白骨，朱珊琪紧紧抓住玥璃的手弱弱地说："我们还是出去吧！这里太危险了。"

朱珊琪弱弱地问："你也是有灵力的吧？但我为什么感觉不到呢！"

"我没有灵力呢！灵力是什么？"玥璃耸耸肩回答道。

"不会吧，你是从哪儿来的？连灵力都不知道？"

玥璃摇摇头。

玥璃也想打退堂鼓，可是森林中不知有什么东西吸引着她，便壮着胆子说："要不你先出去，我穿过森林后，咱们在森林对面见吧！"

朱珊琪不舍地放开玥璃的手，这时听到很多马蹄声，便小声地说："小心，有好多人往这方向来了。"说完便悄悄地走到玥璃身旁。

"马蹄声"刚好停在他们两个跟前，包围了他们两个，在后面一个神秘男子的指示下,一个小兵跑过来问:"你们有没有见过画上这个人?"说着从身后拿出一幅画像。

玥璃看到他拿着自己的画像不由得一惊,而旁边的朱珊琪看着这幅画像似乎猜到了一些,却没有点破说:"我们两个男子,怎么可能会认识这么漂亮的女子呢!我们两个来打猎,直到现在连个人影都没有看到。"

那个神秘男子半信半疑:"不认识,那就杀了,也许他们是为了那东西来的。"说完一群人拿起剑向他们扑过来。

朱珊琪不再费口舌,拔出长剑杀了好几个人,玥璃也拿出匕首迅速地解决了几个,朱珊琪更加怀疑玥璃的身份,对方人多,他走神时被刺中大腿,玥璃也受了一些小伤,这时,一根银箭刺穿了身旁敌人的身体。

玥璃看到又是和上次一样的银箭,便迅速往四周望去,可没看到有人拿着弓,而对方看到这只银箭后,快速地撤走了。

朱珊琪轻轻地挪动自己的身体,从地上捡起那支银箭,玥璃好奇地问:"这是什么箭啊?是什么人的标志吗?"

朱珊琪摇头。一个一身紫色宫装的美男子突然从树上跳下来。他的裙服熠熠如暗月中的光华流动倾泻于地,长发随风飘动带动了淡蓝色发带。男子紧闭的双眸骤然睁开,一双长凤眸很是妖冶。随即从不同的地方出现了一队人马,一名暗卫将刚才的那幅画双手呈给他,便快速低下头。朱珊琪握紧长剑将玥璃悄悄地护在身后,那名紫衣美男子看了一眼画像,摆手间那幅画像变为灰烬,那名暗卫退了下去。

朱珊琪鼓起勇气说:"感谢这位公子的救命之恩,不过想要钱财的话我们没有,也许刚才的那些人有,您可以去找刚才的那些人。"

男子盯着一身血污的玥璃,看出了她的紧张,慢慢地说:"真是有趣,如果我想要你旁边的这位公子呢?"

朱珊琪再次握紧手里的长剑指着那人说:"那得看我手里的长剑同不同意了!"

男子眼中杀机顿起。拍了拍手掌轻声说:"真是勇气可嘉,可惜实力不够。"

一转眼,男子就已经把玥璃抓住退了几米远,一只冰凉细腻且修长的手,轻轻地放在玥璃的眼睛上,轻吟道:"你的紫眸可真好看啊!我们以后一定还会再见面的。"

玥璃只觉这阴冷的声音令人灵魂战栗，然而当她反应过来时人已经不见了，而手里握着一瓶药。

朱珊琪一把抓住玥璃，可没想大腿传来疼痛，没站稳，两个人一起倒在地上。玥璃慢慢起身后，对着朱珊琪小声地说："我帮你上药吧！反正你也是女人。"

朱珊琪吐了吐舌头，靠坐在一棵大树边，玥璃手脚麻利地撒药止血，拉住衣服的一边撕下绕住。

玥璃提议道："今天就在这周围休息一下吧！明天再出发。"

朱珊琪点了点头，随后玥璃一直盯着朱珊琪，若有所思。

朱珊琪温柔地说："你想问什么？但说无妨，我一定会如实相告。"

玥璃立马问："你会易容术对吗？可以教给我吗？我……想学。"

朱珊琪迟疑了一下说："可以。"

玥璃学了好一会儿，觉得自己可以隐藏真容时感谢道："谢谢你对我的信任。"心想我玥璃一定不会忘记你的，接着又说，"他们说的那个东西是什么啊！你知道吗？"

朱珊琪听到这句话立即皱眉："我们最好不要插手这件事，你还没有发现这里人已经多起来了吗？其他四国的人也已经为它派人来抢夺了，我们可能没有机会看到，而且如果被当成抢夺者，我们恐怕真的无法走出森林了。"

玥璃不以为然地说道："既然来了，看一下再走呗！"朱珊琪似乎是早就猜到是这个结果："好，看一下就走，不过你体内的封印是怎么回事啊？"

玥璃皱眉："我……"

朱珊琪不想让她为难："好了好了，不用说了，你也是灵力持有者吧！"

玥璃惊讶地看着朱珊琪说："你知道怎么破解这个封印吗？"

朱珊琪摇了摇头："我的灵力太小破解不了，也许黎云国的人能帮你。"

玥璃再次说了一声："谢谢。"

这时朱珊琪小声地说："其实我也有私心，希望你以后不会恨我。我们共有过去，却各有未来。"

朱珊琪吸了一口气，随后轻轻吐出来，你终究不会是孤独的月亮，因为你身边会有很多星星！

## 2

浓雾中景色尚不分明，唯可见近处枝叶上的露珠泫然欲滴，稍远处便只剩朦胧的剪影，混混沌沌地消失在远处，抬头望见的天也似是被罩上了一层轻纱。晨光熹微，透过密密的森林，一道道阳光照进林中，不知何处忽然传来鸟鸣，这一声破空的清啼鸣醒了世界。

林中忽然躁动起来，朱珊琪醒来时身边空无一人，不过在旁边看见一张纸条。纸条上写着：我去去就回，你受伤了就在原地等我吧！我怕找不到你。

看完纸条，朱珊琪露出苦闷的微笑自知实力不足，乖乖地待在原地，四处捡柴生火等她。

这个森林实在太大了，玥璃很肯定自己还没进入外围的里面，毕竟到现在连个二阶玄兽都没看到。

"动手！"一个本是银铃般清脆悦耳的女声中，带着浓浓的不屑与轻蔑。

"快把宝物交出来，不然我们就不客气了，你应该很清楚你自己的实力。"一个凶狠的声音从不远处传来。

"要不是上次大会你们作弊，打伤我们团长，我们又怎么会来到这里？"一个尖利的女声辩解道。

另一个凶狠的声音没好气道："还不是你们团长自己逞强与我们切磋，受了伤怎么能怪我们呢？"

玥璃悄悄地靠近声音来源处，越往森林深处走，打斗声越强，她小心地躲在一棵大树后面探出头，看见两个佣兵团大打出手的，竟然不是人，而是一把精美的冰弓。

那个凶狠的声音就是对面佣兵团团长，玥璃正惊叹冰弓的美时，冰弓像认识玥璃似的快速地朝她飞过去。玥璃不想多管闲事，见情况不妙想按原路返回，却被一个女人拦住去路。

那个女人嘴角露出一抹冰冷的笑意，略带一丝嘲弄地看着面前的玥璃说："哼，一个黄毛小子还想拿这个东西！"

玥璃见被发现了，只能苦笑一声："我真的就是路过而已。"

当玥璃转过身来，四下顿时一片寂静，只听见风吹着树叶沙沙作响。

那个女人一拳轰出，天空瞬间形成一道巨大的拳型，宛若黄金浇铸，扑面而来。玥璃知道她是冯香国的人，但如今自己灵力被封，宛如废物一样，根本打不过她，只有狼狈逃跑的结果。

玥璃一边在脑海中快速思索着对付这个女人的方法，一边冷冷地回道："走了各位，后会无期。"说完转身就跑。

"这可由不得你了，谁让你挡在我前面了呢！"女子满眼不屑地说道，然后对着身后的一个人说："你去把她抓过来，她只是个没有灵力的废物罢了，如果抓不到活的，那就直接杀了。"

一袭鹅黄裙的女子，甩动手中的鞭子，一脸高傲不屑地盯着玥璃逃跑的方向："直接把她杀了不就好了吗？死人的嘴最听话了。"

"也是。"

玥璃慌不择路，跌入一个奇怪的山洞，她惊奇地发现，外面天气寒冷，洞里却暖和多了。她坐在地上暖暖身子后，小心翼翼地观看四周，发现有一只红色小鸟倒在地上，受了重伤血流不止，玥璃毫不犹豫地撕下衣袖，帮小鸟包扎并喂给小鸟一颗三级治愈丹。

"你在干什么？快放开我的孩子！你这个可恶的人类，究竟给我的孩子吃了什么毒药？"

"我在帮这只小鸟止血。"玥璃说完看见后面还有一只奄奄一息的大鸟。

玥璃连忙从玉佩中又取出一颗三级治愈丹递给大鸟。

大鸟生气地说："可恶的人类，我才不需要你的施舍，又是为了我的灵丹而来的吗？出去！不要再靠近我们。"

"什么？什么灵丹？"玥璃小声地问。

大鸟一眼看穿了她说："你体内的封印，可以用我体内的灵丹解除一层，这样你就不会因为没有灵力而被人欺负了，难道你不是想要我的灵丹吗？"

玥璃听到这话激动地说："是真的吗？如果我把灵丹拿去的话，你会不会死？要是会死，我还是不要了，你还有孩子，需要抚养孩子长大，我不能这么自私。"

大鸟看了一眼小鸟，小鸟慢吞吞地飞起来，一口咬住玥璃的手指，血顺着手指滴在小鸟的额头。一道红光出现，玥璃的脚下显现出一个古老契约的阵法。

玥璃不满道："我救了你，你干吗咬我，恩将仇报吗？我是不是快要死了？"

绝境逢生

大鸟拍了拍翅膀说:"你不会死的,是我让你们两个缔结契约了,替我照顾好我的孩子。"

玥璃呆呆地看着自己流血的手指说:"养她应该需要很多钱,但我没有,我很穷的,你还是把契约取消了吧!我给她找个好人家。"

大鸟汗颜道:"她是凤凰,是神兽。外面有多少人都在争夺我的孩子,而你却不想要?"

"养神兽那不是花费更多吗?我连自己都养不起,更加供不起灵石了。"玥璃更加不满道。

大鸟突然吐出一口血,身影慢慢在原地消失,体内飘出一颗灵丹,飞到玥璃手中。玥璃随意地放进衣服里,然后费尽全身力气,爬出山洞。

"主人,主人,把我放进玉佩里吧!玉佩里的空间有助于我修行。"小凤凰出声道。

玥璃拿出一个深绿玉佩,迷茫地说道:"是这个玉佩吗?这个玉佩里能放东西吗?玉佩是我母亲的侍女留给我的,我还不知道要怎么用呢!"

小凤凰再一次咬住玥璃刚才受伤的那根手指,鲜血滴落在玉佩上,发出一道白光,当白光暗淡下去时,小凤凰的身影也就不见了。

这时小凤凰的声音从玉佩里传出来,调皮地说:"这个玉佩不简单啊,竟然是个大空间。你现在没有灵力,我好歹也是个神兽,别人看见了会对你不利的,这里挺好的,这个玉佩和你血脉相连,我可以和主人有心灵感应。

玥璃无语道:"小凤凰,怕危险可以直说,毕竟是个人都会怕危险的。话说,这具身体真的就再也不能修炼了吗?"

"主人。"一道陌生稚嫩童声,突然出现在脑海中。

玥璃一个翻身直接趴到地上,警惕地看向四周:"谁?"

什么时候自己的警惕性变得这么差了,连有人靠近都没发觉。

"主人。"声音再次响起。

"鬼鬼祟祟,快出来,要不然我对你不客气了。"

话音刚落,玥璃便觉得拿着玉佩的手传来一阵灼痛,抬起手,只见玉佩隐隐约约浮现出一道道微弱的光芒。

还未等她反应过来,下一瞬,整个人就消失在了原地。

玥璃刚刚稳住身形,便看到两个东西朝自己快速扑过来。

"什么东西？"

玥璃身形一闪，便躲过了那东西，吓得她拍了拍胸脯。

转头看去，只见小凤凰和一个小娃娃正呈一个大字趴在地上，顿时嘴角微抽。

"咳，你没事吧？"

"……"

梦晴一脸欲哭无泪，他现在真的觉得非常郁闷，自己这么热情地欢迎主人，主人竟然这么对待他。

他现在觉得自己有事，有非常重要的事。

他从地上爬起来，拍了拍衣服，转过身，两个人的目光就这样撞到了一起。

玥璃看着面前的小娃娃，说他是小娃娃，是因为他看着只有四五岁般大小。可那满头的绿发，以及那碧绿的眸子……"你就是刚才说话的人？"玥璃问道。

"是啊！主人你好，我叫梦晴，是洛笙玉佩的守护灵。"不知为何，对于这个初次见面的主人，他总觉得，有种莫名的熟悉感。

"你好呀！我叫玥璃。"看着如同布娃娃般大小的小家伙，玥璃一边疑惑一边回应着。

"对了，这里是什么地方呀？我是怎么来到这里的？"

放眼望去，这里是一眼望不到边的草原，清澈见底的小溪、一排排的木屋、成排的果树，以及大片大片的药圃。

据她的推断，那些草药年份肯定很久远。

"我们现在在洛笙玉佩里，洛笙玉佩是天地初开时形成的神器，也就是你的玉佩。"

"那你呢？你为什么在这里面？"

话音刚落，她便感觉到了小家伙有些落寞。

完了，她该不会是问了他什么不该问的吧？

"我不问了，你可千万别哭啊！"

"……"

梦晴撇了撇小嘴："我才不会哭呢！哭都是小孩子才做的事，我是个大人了。"

"我是洛笙玉佩里的器灵，从有意识开始，我便一直在这里了。"

玥璃瞳孔微缩，感叹道："那得有多少年的历史了。"

"好了主人，我带你去看看空间吧！这里很大的哦！"

梦晴忽然飘起，小小的手拉着玥璃，便朝一旁的木屋走去。

"这是炼丹室，炼器室，阵法室，医室，书阁，那边的几间是休息的房间。"

"这是灵泉水，可疗伤，恢复灵力。"

梦晴带着她一边走一边介绍着，忽然，玥璃指着不远处的一座九层高塔，"那塔是干什么的？"

本来叽叽喳喳的梦晴，这下沉默了良久，才开口道："那塔是一千年前突然出现在空间里的，我也不知道里面有什么？"

连梦晴都不知道里面有什么？这倒是神秘。

"这个世界，灵力分九种属性，分别是风、木、水、火、土、冰、雷、光、暗，对应的颜色分别是青色、绿色、蓝色、红色、黄色、深蓝色、紫色、银色、黑色。一般人只有一种属性，但也有例外，属性越多就说明天赋越高。"

玥璃点点头，一脸凝重地表示知道了，转念之间便退回原地。

走出温暖的山洞，往前走几步，发现冯香国的那个女人，带着一队人马守在这里，玥璃想绕道走时，发现时机已过。

冯香国的一个长相漂亮的姑娘，十四五岁，一袭淡黄色轻纱，头上的灵蛇髻斜插宝蝶簪玉钗，小脸微微有些圆润，五官很是精致。她拦住去路，高傲地说："黄毛小子，你该不会看上我了吧！我叫香妍，你进过山洞了吗？山洞里面有什么？"

玥璃若无其事地说："什么山洞？我根本没看见什么山洞啊！"

香木兮摆手道："跟他废什么话！他就是个废物，连山洞都看不见，走吧，那东西别被人抢了才好。"

玥璃抱拳告辞后，急急忙忙走到山顶。

山下的湖水犹如蓝宝石一样，散发着光芒。

突然，一道白色的光映入她的眼中，原来是刚才的冰弓。正猜想冰弓怎么会自己来到这个地方时，冰弓自己飞过来，那冰冷的弓弦划过玥璃的手指，契约成功，冰弓消失了。

玥璃这次倒是淡定地拿出玉佩，对小凤凰说："冰弓也进去了？不是说冰火不相容吗？小凤凰你没事吧！"

小凤凰惊呆了，说："这可是圣器，主人你的运气也太好了吧！"

玥璃应了一声说："是啊！命运给我一堆苦之后，又给我一把甜，我都不知道怎么使用冰弓呢！而且我目前还是个没有灵力的废物，根本无法触碰冰弓，对了，叫你小凤凰太麻烦了，给你起个名字，叫暄火怎么样？"

小凤凰高兴地说："谢谢主人赐名，主人有了我的帮助，你的火系灵力会大增的。"

"那也得我先把灵力恢复才行呢！"玥璃皱眉道。

拿到了宝物的玥璃，为了躲避人群，绕了好远的路才回到原地，发现朱珊琪已经靠在树上睡着了。玥璃也没打扰她，坐在旁边看着火堆，回想着今天发生的一切。

在柔和的月光下，奔腾了一天的小河平息了，月儿倒映在河面上，晚风一吹，波光粼粼，整个宽阔的河面就像一面明镜，又像一块洁白的长玉，可没有人知道，那个山洞只有命定之人才进得去，而且当她出来时，山洞已经自行销毁了，不可能有人再次进去。

# 3

早上的阳光正好，玥璃和朱珊琪一起穿过森林，看到一队车马，一个身材高大的人停在朱珊琪旁低着头说："公子，我们来接您回家。"

朱珊琪点了点头，说："这是浩然，是我的管家，这位是玥璃，是我新交的朋友。"

两个人点了点头算是打过招呼了，随后，玥璃和朱珊琪上了同一辆马车，直到接达西门府。

府前站着一位列松如翠、郎艳独绝的男子和一群侍者。

朱珊琪拉着玥璃的手，看见那名男子甜甜地说："哥哥，我回来了。"

那名男子看到自家妹妹拉着陌生男子的手，黑着脸，严肃地说："还不快把手放开，拉拉扯扯成何体统！"

这一刻，少女的心动像仲夏夜的荒原，割不完烧不尽，长风一吹，野草就连了天。

朱珊琪笑了笑说："哥哥，她是女的，叫玥璃，是我在森林里交的新朋友，这位是我哥叫西门霖。"

两个人点头打了招呼。

西门霖知道玥璃是女人后换了一种语气，不再拉着脸，说："既然是妹妹带过来的，就是府上的贵客，不可怠慢，带她去客房歇息一下，作为歉意，晚上为贵客摆宴，接风洗尘。"

"不用这么麻烦了，你们接纳我，我就很开心了。"玥璃连忙回应。

朱珊琪摆手说："没事，走，我带你去客房，顺便换一身漂亮的衣服。"

玥璃看了一眼西门霖，对朱珊琪说："不用了，你也风尘仆仆的，去换衣服吧！记得伤口别碰水。"

朱珊琪吐了吐舌头离开后，转身就和浩然跟着西门霖进了书房。

朱珊琪和浩然一起进去之后，西门霖发话："是她吧？你没有带错人吧！那个紫眸少女。"

"是的家主，确定是她。"朱珊琪恭敬地回答道。

西门霖看了看朱珊琪说："别露出马脚，你要做好你的本分，知道吗？"

"好的，主人。"朱珊琪眼底的光芒暗淡下来，毫不犹豫地回答道。

一位年轻的侍女不耐烦地说："客房在这边，跟我过来。"

玥璃一路上什么也没说，跟着她走进客房，简约风格的客房令人舒适，刚想问一些事情时，那个侍女却走了。

玥璃沐浴完，看到房间内放着一套衣裙便穿上，一身淡粉色的衣裙，加上她精致的小脸，显得非常漂亮。

玥璃和朱珊琪再一次见面是在晚宴上。玥璃踏入晚宴厅，所有人的目光都向她聚拢，朱珊琪也从前面走来说："你真漂亮，就像公主一样。"

玥璃却说："你才是，不过现在你不重新自我介绍一下？"

朱珊琪笑了笑说："其实我叫西门珠，是沃朱国的公主。"

两个人一起说说笑笑好一会儿，西门霖一身白衣胜雪，俊秀的脸庞尽是清冷之意，整个人犹如高高在上的皎月，拿起酒杯宣布晚宴正式开始。

玥璃坐在离西门珠较远的地方，正在无聊地吃着桌上的饭菜时，西门珠说："玥璃，你有什么才艺呀？给我瞧瞧！"

所有人再次看向玥璃。

玥璃从座位上站起来说:"我会古琴,可否借我古琴一用?"

西门霖点头,一个侍女马上拿出一把上好的古琴,摆放在中间,玥璃走到古琴旁说:"献丑了。"

玥璃的手指在古琴上灵活地游走,宛如天仙下凡一样,在场的所有人都沉浸在她的乐曲中,直到弹完一首,让人久久难以忘怀。

玥璃轻咳了一声,回到座位上,人们才反应过来。

西门珠拍着手说:"玥璃你真厉害,真好听。"

西门霖附和道:"琴音简直出神入化。"

比起刚才,西门霖看玥璃的眼神,发生了一些微妙的变化,而这微小的变化,让玥璃觉得自己小露一手的选择是正确的。

晚宴过后,之前那名侍女恭敬地来到玥璃前说:"玥小姐,这边请。"

玥璃看到她的态度转变,便再次相信自己的选择是对的。"那麻烦这位姐姐带路了。"

在回去的路上,她看到月色正好,便翩翩飞舞起来,而这一幕刚好被走在后面的西门霖看到,月色下的玥璃如精灵一样美丽,神秘。

而玥璃发现似乎有人在看自己,但往四周看时却没有人,便开口道:"姐姐,你叫什么?"

那名侍女小心地说:"回小姐,我叫风岫。"

玥璃看她这般谨慎说:"你可以叫我玥璃。"

风岫更紧张了,说:"玥小姐,这不合礼数。"

玥璃看到她如此坚定,便不再说了,毕竟来到这里,不能坏了这里的规矩。

清晨,残月像一块失去了光泽的鹅卵石,抛在天边。西门珠拉着玥璃的手,到处逛西门府。

西门珠高兴地讲着这里所有的事,直到走进练箭场,看到一个高大的男子在大声指责一个新兵,西门珠一下子不满起来,大声喊:"你们在干什么?"

那个高大的男子看都没看一眼西门珠,直接说:"这里可不是你们这些娇娇弱弱的公主们随便进出的地方,毕竟刀剑无眼!快离开吧,这件事和公主无关。"

西门珠马上生气地说:"你干吗总是欺负新兵,不就是没射中靶子吗?谁还没有个失误啊!"

那个高大的男子反驳道："公主这么厉害，射中靶心给我看看，要是您让我心服口服，我就放过这个新兵，怎么样？"

西门珠从小学的是剑，没有练过弓，正犹豫时玥璃开口道："用不着公主亲自出马，让我来即可。"说完便从旁边拿起三支箭，捡起地上的弓，一瞬间，三支箭全部射中靶子中心，新兵们也都起哄起来，那个高大的男子生着闷气走了。

西门珠握着玥璃的手说："玥璃你真厉害。"

新兵瞪大了眼睛说："你就是府上的那名贵客，玥小姐？"

玥璃点了点头。

西门珠这时有些不开心了，她感觉风头被玥璃抢了，便说："走，我们去马场，给你看看我心爱的小马。"

到了马场，玥璃最先看见一匹独自站着的马，便走到那匹马前，轻轻抚摸了一下。西门珠大喊："别碰，那匹马还没有被驯服。"可惜已经晚了，玥璃已经碰到了那匹马，但是那匹马还是站在原地没动。

西门珠走到玥璃旁说："你也太厉害了，连这匹马都被你的魅力征服了。"

玥璃无语。西门珠拉着玥璃，一起到她的连珠阁喝茶。

而她们不知道的是，今天西门珠带着玥璃出彩的事，已经被西门霖知道得清清楚楚，从这天以后，西门霖开始对玥璃格外得好。

成长，就是你将哭声调成静音，别人一眼无法看出你的神情。

晚上，西门霖召唤玥璃来到书房说："这几天你过得好不好？"

玥璃立即开口道："挺好的，家主有什么事请直说，小女子一定在所不辞。"

西门霖皱了皱眉说："我最不希望你有事，但我知道你有那个能力去办。"

玥璃坐在离自己很近的一把椅子上，西门霖也坐到离玥璃很近的一把椅子上说："黎云国和我国有婚约，我妹去恐怕不太适合，我打算让你去做和亲公主。"

看见你的第一眼起便一往情深。

玥璃一边为了封印，一边为了西门霖，点头说："好，我一定不负众望。"

西门霖站起来走到玥璃面前小声说："我不希望你有事，所以我会派浩然和你一起去。明天和亲的队伍便会到来，你做好准备！"

"玫瑰即使凋零也高贵于路边的野花,你说呢?"西门霖又自顾自地补充道。

屋外,西门珠看向西门霖的眼眸,光芒立刻暗淡下来。

回到客房,玥璃拿出玉佩,暄火飞出来说:"主人,你要去黎云国吗?听说黎云国有很多强者。"

玥璃坚定地说:"我会帮西门霖,他是一个好人。"

"你说向日葵是怎样熬过没有太阳的夜晚的呢?"玥璃继续说。

暄火惊讶道:"你该不会喜欢上他了吧!"

玥璃摇了摇头:"不知道,但现在你可以帮我护法吗?我想把那灵丹吸收了。"说着便拿出灵丹一口吞下,瞬间感觉身体被火焚烧着,特别痛苦。

大概持续一段时间后,玥璃浑身湿透,虚弱地躺在床上。

暄火看了看玥璃说:"这封印该不会就这么解了吧?"

玥璃淡定地说:"解了,但是只解了一层,不过我体内为什么会有六道封印呢?现在还有五道封印,走之前恢复一些灵力确实很不错,而且这玉佩竟可以隐藏灵力,对现在的我真是太有帮助了!"

第二天一早,玥璃就被西门珠催促着出门。当玥璃身穿缀满了碎钻的淡紫色衣裙走进大厅时,所有人都看向她。

玥璃欠身鞠躬说:"玥璃见过家主,见过皇子。"

今天是为玥璃选驸马的日子。

玥璃淡定地走到中间,抚上古琴,悠扬的琴音环绕大厅,一曲终,玥璃走到西门霖后面站着。黎云国三皇子云煦拍着手说:"公主果然漂亮贤淑,这是我的一点儿小心意,一箱珠宝,一箱上等布匹。不知我二哥带了什么给公主,三弟我真想看看。"

二皇子抬手,侍从便搬进来一个箱子,"听说公主喜欢读书,我便从各地搜集书本送给公主,而且公主与我琴鸣相和,在下愿意为公主弹一首。"

西门霖看玥璃有意要想听,便吩咐下人再拿一把琴过来。一曲温柔似水的琴声,让玥璃想起小时候无忧无虑的日子。西门霖看到玥璃眼底的变化,决定选二皇子。

二皇子云源弹完说:"我愿意以性命保护公主,一生一世。"

西门霖点了点头看向玥璃，玥璃也看着云源，说："好，云源皇子，希望你信守承诺。"

晚上大厅冷清清的，西门霖帮玥璃倒了一杯茶，拿出一包药说："这是让人昏睡的药，无色无味，新婚之夜放入茶杯中，他不会发现的，我等你回来。"

玥璃发现自己竟然有点儿不舍这里，但还是说："好。"

次日，玥璃穿了一身红衣，显得更加高贵，西门珠哭着跑到玥璃身边说："你可不可以不要走啊！我去跟我哥说你不走了，好不好？"

玥璃笑着说："你昨天不是还催我快点的吗？别哭了，我一定会回来的。"

"真的吗？你会回来的，对吗？"西门珠拉着玥璃的手问道。

遇见你是故事的开始，走到底是余生的欢喜，奈何，余生很长，谁都说不定故事的结尾会……

玥璃坐在马车上挥手，西门珠和西门霖站在一起对她挥手。马车越走越远，随后到了一片空旷的地方，暄火的声音从玉佩中传来："小心，有埋伏。"

不久，浩然来到马车旁说："公主，等一会儿有危险的话直接往反方向跑就行，不用管我们。"

突然，有一名士兵大喊："是罗刹，大家快跑。"

浩然的脸一下子黑了起来，守在玥璃身边，寸步不离。

玥璃好奇地往外面瞄一下，场面一片狼藉，零零散散地倒着几具尸体。看到这里，玥璃也跳下马车，拿起旁边的弓箭射死了敌方的好几个人。

浩然挡在玥璃前说："公主，别过去，很危险，他们估计是为了搅和这次和亲来的。"

玥璃转身刚想回到马车，一道身影一闪而过，随即被拉到一个熟悉的怀抱之中，她抬头看到，是一个戴着银色面具的男子，向后看时浩然已经中箭趴在地上。

她这才想到书上确实写过这么一个人——地狱修罗，所到之处寸草不生，血流成海。

可没想到是这样一个绝世美颜的男子，而且和他骑在同一匹马上。玥璃拿出匕首想刺他一刀时被发现，然后从马上掉了下去，面纱也不见了。

罗刹看到前面的女人说："怎么是你！你怎么在这里？"

玥璃马上反问道："怎么？你认识我！"

罗刹看着她笑着说："才过了几天，你就不认识我了？"

玥璃没回答，说："你为什么要袭击我们的队伍！还要抢亲，真是胆大！"

罗刹不语，却一把拉住玥璃紧紧地抱住，这时罗刹其他的士兵走近，什么也没说把头低着，赶紧又退了下去。

玥璃的脸一下子通红，用力推开罗刹。

罗刹黑着脸，抓住玥璃的手腕便上了一驾豪华的马车。玥璃挣扎着，但没有挣脱成功。

玥璃坐在马车上，猜测马车行驶的方向，平静地问："你这是想要干什么？"

罗刹抓住玥璃的手说："你说我要干什么？人总要学会大大方方地为自己的心动买单。"

向着光，还不如说向着你。

这时一个士兵跑过来说："报，主人，前面来了五十多只野狼，实力很强。"

罗刹看了一眼玥璃，瞬间消失在原地。玥璃想趁机逃走，发现这五十多只野狼已经围住了这片地方。

罗刹虽然灵力深厚，但面对数量繁多的野狼群，还是有点儿力不从心。

玥璃悄悄地下车，发现那些野狼竟然不敢靠近自己。

暄火说："它们好像很怕你啊！你的身世该不会比罗刹还可怕吧！"

玥璃摇头说："应该不可能吧！"

暄火："喂！你去哪里呀？走错了，走反了！"

玥璃无奈地说："我可不想欠别人一条命。"

另一边，罗刹的鲜血染红了胸口，可还在对抗着野狼，突然从后面跳出一只大野狼，快要咬住罗刹时，一支冰箭射中野狼，野狼正要反击，见到是玥璃，便往后慢慢地退了下去。

抓不住美好，只能装作万事顺遂的模样遇见你。

离玥璃很近的一个士兵说："玥小姐，你不是没有灵力吗？"

其实每次的擦肩而过都不是偶然，世界上哪有那么多的偶然，都是人为的必然罢了。

玥璃招手："我说我没有灵力了吗？你听见了吗？现在我们两平，我走了，再也不见！"说完便绕路回到原地，往四周看看，竟一个人也没见到。

落日之下，总会遇到一条载着星星的船。

突然，从一棵大树后面走出一个全身是伤的人，走近一看，是浩然。
玥璃跑过去，扶住浩然问："大家都还好吗？"
浩然点头说："公主，对不起，我们折损了一半的人，不过飞鸽传书给家主了，马上会有援兵过来支援。"
玥璃拍了拍浩然的肩膀说："干得不错。"
原本浩然还能勉勉强强地走着，这一拍差点儿要了他的命。玥璃干笑几声，把浩然扶起来，然后在浩然的指引下，来到一个更加隐蔽的地方，看见一群人坐在地上。
而那些人看到玥璃想站起来时，玥璃让他们别动，说："不必多礼。"
随后，便拿出之前的药给浩然，浩然看到药后，并不敢拿，开口说："这么珍贵的东西，您自己留着吧！我皮糙肉厚的不怕疼。"
玥璃不耐烦地把药扔给了浩然说："既然给你，你就拿着，快点好起来，还要继续赶路呢！"
浩然看到玥璃的坚定，在心里认定了玥璃是他第二个主人。

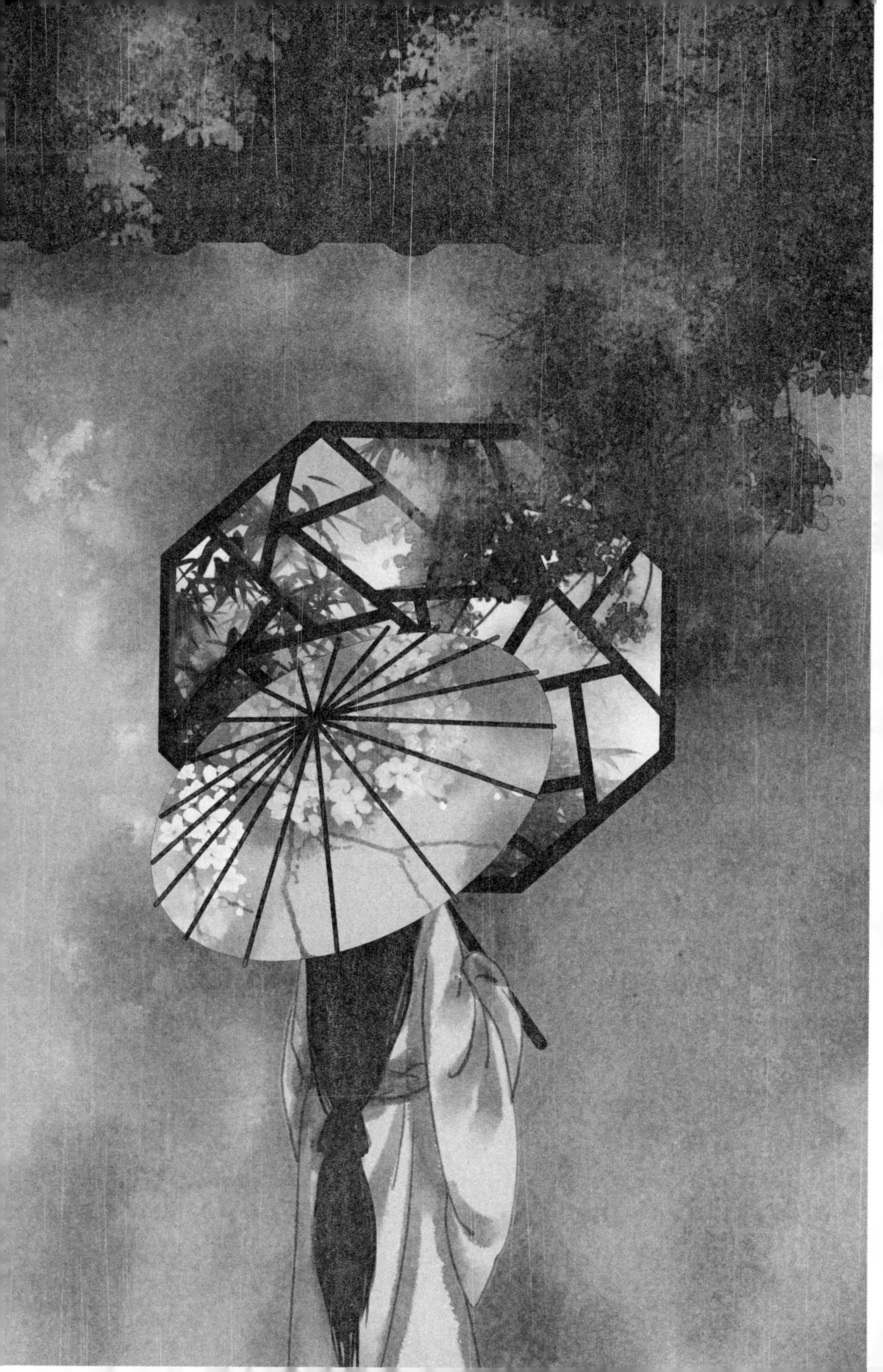

# 拜入师门

**1**

明媚的阳光照在玥璃脸上，缓缓睁开眼，模模糊糊地竟然看到西门霖的影子。

不一会儿，她便落入一个温暖的怀抱中，迅速睁开眼睛说："你怎么来了？"

西门霖微笑着说："听说你们受了很严重的伤，而且竟然碰上了罗刹，我来给你们送药和援兵。"

玥璃不好意思地低下头说："那你放开我呀！我又没受伤。"

刚离开一个怀抱，她又被另一个人抱住。

玥璃淡定地说："珠珠，你也来了。"

西门珠跳到玥璃面前说："你没事吧？放心，这次我当作你的丫鬟和你一起走，保证你的安全，也让哥哥安心。"

西门霖上马，玥璃看了一眼说："这么快就要走了吗？"

西门霖故意拉长调子说："现在舍不得我了呀！"

玥璃摇了摇头说："没有，你快走吧！"

当玥璃忍不住再一次看西门霖时，西门霖用口型对她说了一句："等你平安回来。"

和亲队伍继续前进。

马车快到黎云国边境时，队伍前面的一些士兵突然一个个倒了下去。

玥璃正要跨出马车时，一名红衣绝色男子手持一把长剑抵在她的脖子上。

他说："没想到这里还有醒着的人。"

玥璃纵身一跃，退了几步说："你是什么人！竟敢袭击和亲队？不要命了！"

那名男子笑了笑说："命？真是可笑！以后我们一定还会再见面的，记住我叫香辞。"说完便不见了，玥璃之前闻到的奇怪气味消失了，便快速坐进马车里。

马车驶进黎云国，她发现除了门口站着几个人，几乎没有人来迎接。这毕竟是两国联姻啊，他们竟如此怠慢。

西门珠生气地说："这算什么？拿我们当猴子耍吗？"

玥璃却跳下马车对大使说："我们什么时候可以面见黎皇？"玥璃戴着面纱却也挡不住她的盛世美颜，那位大使看呆了。

西门珠想动手打那位大使时，那位大使说："明天，明天就可以进宫面见圣上。"

玥璃示意西门珠退下，说："好，知道了。"

马车到达府邸，玥璃和西门珠跳下马车，看到云源在府前站着。

云源礼貌地说："公主，一路舟车劳顿辛苦你了！"

玥璃说："无事，不过我现在有点儿饿了。"

云源立即说："我为公主准备了饭菜，进去就可以吃了。"

玥璃鞠了一躬说："多谢云源皇子。"

玥璃走进府中，发现云源未跟进来时便又出去，看到云源站在一棵树下，正想开口问却被他抢先了。

云源皇子说："大婚之前两个人是不允许见面的。我实在想见公主一面，偷偷跟过来的，现在不得不走了。"

玥璃点头，云源转身消失在原地。就算是看起来温柔似水的皇子，可灵力仍然无法估量。

第二天一早，玥璃就被大使请进宫面圣，这是她第二次见到云煦，他依旧那么潇洒风流。而云源依旧笑着看着她。

第三天，大婚隆重举行，玥璃身穿大红婚服，妖娆美丽。

而云源也十分照顾玥璃，从宣旨，直到完成新婚仪式。

累了一天的玥璃坐在床上,等着云源揭盖头,却不承想一阵风吹掉了红盖头。玥璃起身想捡起红盖头时,却被突然出现的一个人捡了起来。

玥璃紧张地一看,原来是罗刹,生气地说:"快把它给我。"

罗刹故意往高拿了拿说:"二弟的大婚之日,我怎么能不来看你呢?有没有想我?"

玥璃立马摇头说:"你是云沐霜。"

云沐霜拍了拍手说:"真聪明。"说着一把抱住玥璃。从桌子上拿起一杯酒喝下去,然后把另一杯酒给玥璃灌下去,玥璃剧烈地咳嗽起来,含糊地说:"你干什么?"

云沐霜看着玥璃说:"喝交杯酒啊!"

玥璃的脸通红,突然一道推门声打破了这场景,罗刹迅即消失了,玥璃赶紧盖上盖头坐在床上,云源慢慢走过来,拿起簪把红盖头挑下来。

云源好像喝了不少的酒,可还是抓住玥璃吻了下去。玥璃不情愿地推了一下对云源说:"我们还没喝交杯酒呢!"

云源怔了一下,玥璃赶紧倒了两杯酒,把一杯拿在手上,另一杯递给云源,云源笑着喝了下去,一会儿便睡了过去。

玥璃把云源架到床上,望着窗外的明月。

罗刹突然出现说:"想得这么出神,是想我了吗?"

玥璃见罗刹还没走,回头看了一眼云源说:"没有,快走。"

罗刹也随她看了一眼床上的男子,笑着说:"你打算就这样应付我二弟吗?我二弟可真可怜。"

玥璃生气地抽回手,罗刹还是一副看笑话的模样说:"你今晚不睡吗?还是想和我一起睡啊!"

玥璃严肃起来说:"想嫁给你的人都排到城门口,哪能轮到我啊!是不是啊大哥?"

罗刹抱住玥璃轻声说:"不许叫我大哥,但我可以给你这个权力。"

玥璃摆手说:"不需要,还有,如果你再不走我就叫人了。"

罗刹见玥璃认真了,便马上消失。玥璃躺在床上一夜无眠,因为今天早上在大殿上遇到了梦洛,他是作为梦国皇来观看新婚大典的。

第二天早上,云源见玥璃在身侧躺着,便轻轻叫醒玥璃去见父皇和母后。

拜入师门

031

王后乌黑浓密的长发披于双肩之上，身着金丝翠绿纱，略显柔美。相比之下，黎皇一身明黄色的龙袍，端坐在龙椅上，让人从心底生出敬畏。玥璃一下子紧张了，说："拜见黎皇，黎皇万岁万岁万万岁，皇后千岁千岁千千岁。"

黎皇温柔地说："哈哈，你现在应该叫我父皇了。"

黎皇后也应声说道："是啊！你该叫我母后了。"

玥璃也稍微放松了说："参见父皇，母后。"交谈过半后，玥璃彻底放松下来。

仪式礼节完毕，回到住处，云源握住玥璃的手轻声地说："今天晚上有灯会，我想邀请公主一同前往观看。这次的灯会是大哥主办的，规模很大，会很漂亮，想必公主没有见过。"

玥璃惊讶地说："那我倒是想看看，不过我现在想去外面买一些东西可以吗？"

云源立马说："当然可以，我可以和公主一同前往。"

玥璃摆手说："不用了，我带着丫鬟去就行。"

云源便紧张地说："新婚第一天，让公主一个人出去多不方便啊！再说公务由大哥管，我也清闲得很，陪你一起去吧。"

玥璃见云源执意说："叫我玥璃吧！那今天就拜托云源皇子了。"

云源皇子笑了一下说："叫我云源吧！"

不一会儿，一辆马车停在府前，马车四面皆被昂贵精美的丝绸所裹，金色阳光中，地面上掠过一辆雅致马车的影子，随后停在一个古色古香的店门口，玥璃挽着云源进去，马上有店小二迎上来说："您二位是想买些什么呢？"

玥璃看了一眼周围说："炼丹炉。"

店小二这才看到玥璃周身没有灵力，便看向云源。

云源也惊讶了一番后，说："要最好的炼丹炉。"

云源随后温柔地看向玥璃说："要灵草吗？"

玥璃不得不承认他很温柔，说："本来是不要，不过我现在想在这里试一下炼丹炉看看好不好用，可以借我点灵草吗？"

云源马上拿出灵草，当店小二小心翼翼地拿出炼丹炉时，玥璃已经抓着灵草等候了。

店小二怕玥璃把炼丹炉炸了便看向云源，云源却点头笑着说："快用着看看，顺不顺手？"

玥璃点头，虽然她的灵力是冰系，可契约了暄火以后发现可以用火系，而每一个炼丹师都有自己的异火。

玥璃把灵草放进炼丹炉，手上便出现了青绿色的火，把店小二吓了一跳。云源也吓了一跳但没表现出来，本以为会很慢，可不一会儿丹药便出炉了。

玥璃拿起丹药看了好一会儿说："一级治愈丹，我有点儿失望！"

云源跳了起来说："这是你第一次炼丹？"

玥璃点头说："是啊！可没想到炼丹这么难！没达到我的要求，不过这个炼丹炉我想要，可以吗？"

店小二尴尬地说："我再去帮你拿一个新的吧！"

玥璃一口咬定说："就要这个，这个手感好。"

云源摸了摸玥璃的头说："好，就买这个。"回到府邸，云源说："上午公主可以在这里随意逛逛，我有事先走一步。"

玥璃想了想说："云源，这里有种灵草的地方吗？我想借用一点儿灵草。"

云源指了指一个男子说："让他陪你一起去灵草园吧！那里有好多灵草。"

玥璃点头道谢，毕竟她不熟悉这里的环境。

在路上，玥璃看着前面指路的男子说："你叫什么？"

那名男子毕恭毕敬地说："王妃，我叫原一。"

玥璃不清楚他的实力，想来也肯定比自己厉害，便说："你会不会炼丹，可以教我一下吗？"

原一依旧恭敬地回答："抱歉王妃，我不会炼丹，这里就是灵草园了。"说完便站在一旁。玥璃见他不打算走，便拿出刚才买的炼丹炉，故意挑一些周边快要枯死的灵草炼丹。

三次都是三级治愈丹，原一惊在原地，直到玥璃收起炼丹炉，递给原一两瓶药说："这是谢谢你家王爷借灵草的回报，你帮我交给他吧！"

原一拿着两瓶药愣在原地时，玥璃已经不见了，然后挠挠头，回到书房把两瓶药给云源呈上。

云源慢慢地开口说："你不好奇吗？她的身世，她绝对不是沃朱国的人，也许来自那里！"

原一蹲下说："属下不敢多嘴。"

云源惊了一下说："看来你也发现了她体内的封印，想要解除不是易事，就是不知道她自己是否知道。"

原一摇头，云源没再接着说下去，而是说："保护王妃的任务就交给你了。以后就让原二接替你的位置。"

原一看了一眼云源说："属下必定尽全力保护王妃，可王妃身边有浩然跟着，我再出面不太好。"

云源想了一下说："你暗中保护就行，毕竟我仇人太多，伤到她就不好了。"

夜色抹去了最后一丝残阳，夜幕就像绒幕慢慢落下来了。

灯火通明，玥璃身穿淡蓝色衣裙和云源走在大街上，遇到卖糖人的小摊便停了下来。

以前，玥璃和父皇买糖人时被一群黑衣人追杀，糖没买成，却在床上一动不动地躺了三日，想到这里玥璃的眸光便暗了下来。

实力才是一切。

云源发现了玥璃的不对劲，对小贩说："买一个糖人！"

小摊主递给玥璃一个糖人，玥璃抓在手中说："云源，谢谢。"

玥璃和云源不知不觉中走到湖边，突然，有一群黑衣人向他们袭击。云源说了一句："保护王妃。"随后拿出长剑战斗，玥璃原本想拿着糖人悄然离去，可是看到云源被一个黑衣人暗算受伤了，便毫不犹豫地丢下糖人走到云源身边递过一枚丹药说："这是解毒丹，吃下。"

原二本想阻止，可云源一把接下吞了下去，玥璃也惊诧了一番，随即拿出冰箭将黑衣人全部杀死后，才再次走到云源身边。

玥璃紧张地问："你就这么信任我吗？"

云源的脸色好了一些说："王妃，你什么时候会炼四级解毒丹的？"

玥璃指着原一说："就今天上午啊！原一没有给你吗？一瓶解毒丹，一瓶治愈丹。"

云源点头说："给了，不过我还以为全都是治愈丹呢！对了，我听原一说你总是用周边快要枯死的灵草炼丹？"

玥璃无奈道："第一次炼，不知道能不能成功，所以先练下手。"

云源无语道："练手？就炼出了四级解毒丹、五级治愈丹？"

玥璃想了一会儿说："对了，王爷，这个尸骨粉你要不要？威力不错。"

云源点头说："这个怎么没听说过？"

玥璃递给云源一瓶说："这个是我自己防身用的，王爷可要小心使用，是我自己做的毒药，你看。"

顺着玥璃的手云源看到撒了一点儿药粉的尸首变成了一堆白骨。

云源惊了说："威力很大，有解药吗？"

玥璃摇头："威力这么大怎么可能有解药？对了，原一你们要不要？"

说着再拿出几瓶。

原一他们立即用敬佩的眼神看向玥璃。

原一说："不用了，我们怕一不小心撒到自己身上，再说有王妃就行了。"

玥璃摇头说："我是弱女子，你们可不要指望我。"

原一无语地望着天空感叹："为什么我们王妃的实力这么强啊！"

玥璃回到房间后，一只御用白鸽飞了进来，玥璃熟练地拿下它身上的纸条，上面写着：姐姐到黎云国了吧！最近小心一点儿，听说罗刹在找你，一定要平安回来哦。

玥璃再次反应过来，想写一些消息给梦洛时白鸽已经飞走了。

这只白鸽是琼梦国独用的御用白鸽，是梦洛小时候指给玥璃看的那只独特的白鸽。

## 2

温柔的月光照耀在这遍眼的绿瓦红墙之间，那突兀横出的飞檐，那高高飘荡的商铺招牌旗幡，那络绎不绝的马车，那川流不息的行人。街道两边是茶楼、酒馆、作坊，路两侧还有不少支着凉棚的小商贩。

玥璃兴致勃勃地奔东奔西，直到到了猜灯谜的地方时，才发现中间突然闯出来的一群人，早已将玥璃和云源分开，原一也没能幸免。

"为什么这么巧呢？"

与此同时的某个地方。

"小主子，小主子！"

一道急切的男声传入大殿之中，殿中央一个白衣飘飘的人，正在盘腿修炼中，看着来人，眼睛依旧闭着并保持着原来的姿势："什么事！毛毛躁躁的，没看见我在入定吗？我说过没事不要打扰我！"

他浑身沉着杀意，九重灵体的威压，压得前来传话老头儿喘不过气来。

老头儿的青筋暴起说："刚才老夫夜观天象，发现了一个了不得的事情！紫眸少女现在应该在黎云国，要不少主去看看？给我们带来好消息吧！"

黎云国的人实在太多了，紫眸少女又是万里挑一。

一听此话，正在修炼中的那人猛地睁开眼睛，迅速起身往外走去。

"万年之前的预言果然没错！传我御令，现在通知各位长老秘密地寻找圣女！务必在罗刹之前找到她，保护她的安危。"

此时，集市中的玥璃只好跟着人群，不紧不慢地往前走，看见前面的一棵参天大树，一下子跳上大树，一边隐蔽，一边吃着手里刚买的水果看着热闹的集市。

突然，她被一个银衣男子抓住，在她顺势拿出匕首刺向对方时，对方仅用一只手便将她制服得动弹不得。

银衣男子缓缓地摘下面具，玥璃惊讶道："云沐霜。"

云沐霜嘴角扬起，淡淡地说："玥璃，有没有想我啊？"

玥璃心中紧绷的弦一松，心想只要现在不动手，怎么样都好，便说："放开我。"

云沐霜很识趣地放开玥璃，只见他手上拿着一瓶药说："这就是尸骨粉啊！成品真不错，就当是给我的见面礼了。"

什么？玥璃心中咆哮，怎么可能被这个小土匪给劫了。

玥璃看着那瓶药说："我想你应该不需要这么低级的东西吧！毕竟你老是神出鬼没的，恐怕敌人都被你吓跑了吧。"

云沐霜的嘴角上扬说："真难得你夸我，你是承认我比你家王爷厉害了吗？"

"你本来就比他厉害，好吗？"

云沐霜抬起左手，轻轻摸一下玥璃的头顶，说："走，带你去一个好地方。"

两人在深夜掠过将军府的上空，悄无声息，没有引起半个人的注意。

玥璃无语，摆手想要离开时，却又落入了温暖的怀抱。一个吻轻轻地落下，玥璃用力一推，发现云沐霜并没有紧紧抱着，便落荒而逃，然而听见后面传来一丝笑声说："真期待下次再见面，一定要带惊喜给我啊！"

小丫头这是害羞了？云沐霜的嘴角忍不住上扬，心想：还真是脸皮薄。原本觉得自己出现的频率少一点儿，说不定会被牵挂，但没想到竟然会变成这样！看来还是得要时常刷存在感才行呢！

玥璃慢腾腾地走到湖边，发现云源的马车就停在那儿。玥璃靠近马车，原一立马笑脸迎上去说："王妃，王爷在马车上等你。"

玥璃点头坐进马车，云源笑着说："让王妃受惊了。"

玥璃坐在云源旁说："没有，我迷路了，让您久等了。"

云源抓住玥璃的手说："王妃，你有灵力，但我为什么感觉不到？你是被什么灵器遮盖住自身的灵力了吗？"

玥璃隐瞒了这件事说："也许是我体内有封印的原因吧！毕竟我的封印只解了一层而已。"

云源惊讶道："你自己知道身体里有封印这件事呀？"

玥璃微笑着说："知道，这个封印有这么明显吗？我曾经查阅过很多书籍，可是都没找到关于这封印的消息，而且奇怪的是封印有六层之多，用平常的方法根本无法解开。"

云源摇头感叹："我是今天早上才发现的，我其实也并不知道关于这个封印的事，也许我们这边的书对你有帮助，要不你去我书房看看？再不行的话，我亲自带你去藏书阁看看？"

玥璃点头说："王爷的书房我就不进去了，直接去藏书阁吧！您的书房是禁地我不便进去。"

云源有些失望地说："王妃你可以来我书房，我书房有很多关于炼丹的书呢，王妃你就不想看看？"

玥璃靠近云源说："王爷，我现在把我的话收回，你就当什么都没听到好不好？"云源点点头，打道回府。

云源回到书房后说："没想到她竟会跟我坦白，难道不是派来的奸细吗？是我想多了吗？而且她今天还救了我一命。"

原一去保护王妃，所以原二他们蹲在地上没有说话。

云源又说："你去查查她封印的事，原二，明天王妃来我书房，看好她的

拜入师门

一举一动。"

走出书房，云源又变成一副无所事事的样子，走进玥璃的房间。

玥璃从小一个人睡，警惕性很强，稍有动静便会惊醒，但这一次玥璃睡得很安稳。

早上玥璃起来时没有看到云源，便问："王爷呢？"

西门珠笑着走过来说："王爷被宣进宫了，怎么你是舍不得了吗？我哥现在好可怜，又要独身一人了。"

玥璃拍了一下西门珠的手说："又取笑我，你哥人那么好，怎么会到现在都没有婚约呢？"

西门珠没有回答这个问题，恭敬地说："奴婢帮王妃更衣，今天云源皇子拿来了一套新衣服。"

玥璃指了指门说："你在外面等我就行，再说这里又没有外人，不用称自己为奴婢。"

西门珠高兴地跑出去说："好，我帮你把门，在门口等你。"

不一会儿，玥璃一袭白色拖地烟笼梅花百水裙，外罩紫月缎绣玉兰飞蝶氅衣，腰系一条金腰带，气若幽兰地走出来，西门珠说："玥璃你越来越漂亮了！"

玥璃抓住西门珠的手说："你也是，今天很漂亮。"

"谢谢！"西门珠回答道。

书房中，玥璃没找到自己想要的书，却找到了关于阵法和丹药的书，便一上午待在书房读书，而西门珠在一旁无所事事。

临近午时，西门珠突然大喊："中午了，快去吃饭吧，我好饿啊！"

玥璃也觉得饿了，说："走，我们去吃饭。"

待在外面的原一悄然离去。

回到房间后，玥璃和西门珠正一起吃着饭，云源推门进来，西门珠立马站起来。

之前云源从原一口中听到玥璃的事便不放心，想去看看玥璃，却看到玥璃和西门珠坐在一起吃饭。

玥璃也站起来说："王爷，你回来了，要不要一起吃饭？"

西门珠也附和道："这些菜可是王妃亲自做的，可好吃了！"

玥璃给西门珠使了个眼色说："跟着我再做一些新菜吧。"

云源笑着说:"不用了,我就是想来看看你。"

而另一边,妍家大小姐妍珞在家中不是摔这个瓷器就是摔那个瓷器,异常生气。

妍珞的丫鬟走过来说:"大小姐别生气了,您别伤了身子。她只不过是个和亲公主,而且还是从那小小的沃朱国来的,您和王爷可是青梅竹马呢!您只要稍稍动动手指,王爷还不是您的。"

妍家家主也走过来说:"不就是个和亲公主吗?她在云源的心里肯定没你重要。"

妍珞顿时高兴了,说:"明天有个游园会,她肯定会去,我拖住她。"

意见达成一致,人们纷纷入睡,却不知夜里暗藏杀机。

## 3

天刚蒙蒙亮,玥璃便起身梳妆。由于是太后举办的游园会,玥璃不得不去,玥璃的蓝色衣裙与水中的荷花相对,别具一格。

妍珞看到玥璃坐在凉亭里,望着湖水,就觉得她是个祸害精,却也没有一上来就找她的麻烦,而是紧紧握着手里的茶杯,心不在焉地与其他郡主聊着天,静静地等待一切发生。

突然西门珠急匆匆地跑过来对玥璃说:"王爷丢了很重要的东西,正在府里指责你,说是点名要你回去。"

玥璃走之前看了一眼妍珞说:"走,回去。"

妍珞露出了得意的笑容,也随即跟太后礼貌地问好之后悄然离场。

马车上,玥璃问:"到底怎么回事,这么突然?"

西门珠也不太清楚,只说:"不知道怎么回事,王爷一大早就带人来搜你的房间,从你的床底下搜出一个玉佩后,就把那些丫鬟们全都押入了大牢,说是要严刑拷打,必须问出你为什么要拿玉佩?"

玥璃陷入了沉思,西门珠紧张地问:"玉佩不是你拿的对不对?而且,哥哥给你的任务中并没有这么说啊!"

玥璃回答道:"不是我拿的,是她的小青梅……"

西门珠赶紧问:"是谁?"

马车骤然停下,原来是被人挡了路,一个商铺老板笑着迎来说:"源王妃,很抱歉挡住了你的路,我们马上让路。"

玥璃点头,转而回答西门珠说:"她,真的很不错。"

由于在路上耽搁了一会儿,妍珝比玥璃先到达云源府。

玥璃看到妍珝的马车停在府前,便觉得大事不妙了。

玥璃刚踏进府便直接被叫到大厅。

玥璃还没来得及张口,便被靠近云源的妍珝抢先一步说:"姐姐也许不是故意拿的呢,可能是不小心拿的。哥哥要是温柔地说拿回玉佩的话,她也许会给了呢!"

云源抱住妍珝说:"你就是太善良了,她可不值得你这么做。"

玥璃静静地在一旁看着云源紧抱妍珝,妍珝继续说:"姐姐也许真的不知情呢。"

云源生气地说:"不知情?不知情的话玉佩能自己跑到她的房间吗?"

这件事,事关重大,不一会儿就传到了黎皇那里,三个人各怀心思地来到皇宫。黎皇看到云源和妍珝在一起,先是惊了一下,随后便明白了一切,云源自然地抱着抹泪的妍珝,指着玥璃说:"她就是敌国派来的奸细,今天还偷了我的玉佩,这种人应该在大牢里。"

玥璃淡定地跪在地上说:"皇上,玉佩不是我拿的,我会找到证据来证明自己的清白。"

妍珝见情况不妙,在旁边煽风点火地说:"我听下人说姐姐还进过一次王爷的书房呢!"

黎皇有些为难,可是证据都在,便犹豫着说:"玥璃,你去迷归谷摘三株冰莲,证明你的真心在我黎云国,并在三天之内找到证据证明自己的清白,不然就休怪本皇不讲情面了。"

妍珝楚楚可怜地说:"可是迷归谷里有很多野兽,姐姐一个人去的话很危险。"

云源抱住妍珝说:"她那种人不值得你可怜。"

妍珝暗地里笑了一下,摆出胜利的表情。

在阳光底下站久了,竟然会忘记阴暗的冰凉,真是可笑!

玥璃站起来心寒地说:"如果我拿到三株冰莲,并证明自己是清白的,那么皇上可否允诺我一个要求？"

黎皇迟疑了一下说："好！"但心想希望不是自己想的那样。

次日，玥璃换了一身鲜艳的红衣独身出发，而西门珠和浩然一起被当作人质，留在了皇宫里，玥璃凭借记忆中的地图，来到森林入口处。

迷归谷，又被称为迷雾谷，一般人只能来到这林中。

而森林深处有一个洞口，进入洞口，别有一番天地，洞口的阵法，才是真正迷归谷的入口。

玥璃走在森林中，马上就遇到了一头四阶灰熊。她立马屏住呼吸，正在想如何逃跑时，背后射出一支箭，四阶灰熊应声倒地，玥璃得救。

玥璃走近一看是香辞，便说："香辞，是你！你怎么在这里？"

香辞看见是玥璃，笑着打开一把扇子，说："还真是救了个美人啊！只不过没想到你还记得我，是我的荣幸。"

玥璃无语，想要走时被香辞拦住说："你一个人在这里多危险，和我们一起走吧！我们还能保护你。"

玥璃摆手说："不用了，我还有别的事。"

这时从旁边出来一个女人说："她就是一个灵力低级的负担，哥哥，你干吗要带着她？"

玥璃好奇地问："你是？"

香辞指着女人说："她叫香妍。"

玥璃惊讶地说："是你妹妹？"

香妍马上反驳道："香木兮才是他的妹妹，我是他名正言顺的未婚妻。"

香辞继续说："你不用管她，跟着我们就行。"

玥璃点头，想着多一个人多一份保障，说："好，谢谢。"

在之后的战斗中，香妍故意把野兽引向玥璃，都被玥璃巧妙地躲过，而香辞把这一切看在眼里却没有说话，因为只有他知道她真正的实力。

这天晚上，玥璃悄悄溜出去，香辞虽然知道了，却也知道挽留不下她。

玥璃越往前走，森林中的野兽越少，直到看见一个洞口，洞中有阵法，一不小心就会被阵法搅得粉身碎骨，玥璃便确定这里是迷归谷的入口。

玥璃在书上看过这个阵法图，所以稍微用灵力破解后，再逆转阵法便进去了。

从洞中出去有两条路，两片天地，当玥璃踏入这里时，这里的灵兽都异常兴奋，飞兽长鸣于天。

要想摘冰莲需要走第二条路，玥璃便踏上这冰天雪地之路，天空中飘着雪，她却感觉不到冷似的继续往前走。

前面的大山上开满了冰莲，玥璃立马开始爬山，不一会儿便到达山顶。

伸手摘冰莲的一刹那，一阵强风吹来，玥璃差点儿要落下山时，一瞬间，又稳稳当当地站在刚才的地方。

幻境吗？

玥璃往四周看了看并没有看到人，便大声喊："谁？"

一个有着雪白皮肤的精灵，慢慢显现，跪在玥璃面前说："参见主人。"

玥璃看了看它，惊讶地问："你是在叫我？你认错人了，我不是你的主人。"

那个精灵点点头说："我叫洛语，是冰之国的女王。你和你的母亲真的长得太像了，太像了，四十年前你母亲周游各国时，在槐树下从魔域国人手下，救下重伤的我，并助我在这里建立自己的家园，所以我承诺一定会护你平安。"

洛语拿出一把银色带有冰莲的匕首，从玥璃指尖上轻轻划过，玥璃的脚下顿时显现出一个冰蓝色的契约阵，当蓝光消失时契约达成。

玥璃快速地包扎手指并高兴地说道："你认识我母亲？你们怎么一个个都不经过我的同意就和我缔结契约呀？"

洛语没有说话，只是安静地待在玉佩里。玥璃也没有再追问，说："算了，洛语女王你知道哪里有冰莲吗？我需要摘下三株冰莲，和一个不守信用的人退婚。"

这时暄火出来说："对，就该这样退婚。"

洛语的声音从玉佩中传来："主人，我这里有三株十年期的冰莲可以给主人用。"

玥璃想了想说："算我先欠你的，以后再还你三株冰莲。"

玥璃再次启动阵法，回到洞中时，发现云沐霜严肃地站在距自己一米的地方，盯着自己。

欢声笑语不再，青春已去，少女从此不复当年时。

云沐霜惊讶地说："你没有被阵法搅碎，所以你会阵法？"

玥璃不敢承认，便摇头说："不会，运气而已。"

云沐霜无语，他的手下更是无语，见玥璃要离开山洞便开口道："你要去哪儿？"

玥璃淡淡地说："回去，和你的昏弟退婚。"

云沐霜走到玥璃面前说："我走这么远来看你，你把我一个人扔在这里，舍得吗？"

玥璃点头，云沐霜虽然生气却也温柔地说："你还没有找到证明自己清白的证据吧？放心，我都帮你搜集好了，是妍璆，她让暗卫诗然扮成你的样子去偷了玉佩，之后又放到你房间。诗然已经招供了，你可以带着她去见黎皇。"

玥璃反问道："你为什么对我这么好？"

云沐霜摸摸玥璃的头说："我对自己的王妃好，还需要理由吗？"

玥璃恍惚间想起几岁的时候，自己自信又张扬地对梦洛说，爱比什么都重要，突然意识到，长大真是一夜之间的事。

玥璃不想继续这个话题便问："黎皇不是你的亲生父皇，对吗？"

"不是。"云沐霜摇头道。

玥璃一本正经起来，看着云沐霜那深黑不见底的眼眸说："我知道你很强大，你也很危险，恐怕你应该和我父母来自同一个地方。"

云沐霜拍手道："不错,很聪明。不过,我现在还不能告诉你一切,你太弱了，而你父母的敌人很强大。"

玥璃坚定地看着前方的光芒说："我会快速变强，直到超越父母时，你可以亲口告诉我一切吗？"

云沐霜大笑了起来："不愧是她生的女儿，好，我答应你。"

"你认识我母亲，不仅认识，还很熟？"

"不错，不过眼下你最重要的事情，就是证明自己的清白，然后退婚，不是吗？"

玥璃点头，云沐霜抱起玥璃，硬生生劈开时空，玥璃被强大的气流侵蚀，一瞬间感觉自己被放在地上，睁开眼时发现自己身处一间客栈内，耳边响起云沐霜的话："我会护你，直到你强大起来。"

洛语的声音从玉佩中传来："他很危险，离他远一点儿比较好。"

"我又何尝不想呢！"玥璃回答道。

云沐霜的声音再次传来："不要想着远离我，你在哪里，我便在哪里，生

拜入师门

043

活中总会有很多你意想不到的惊喜,所以你要向前看。"

玥璃沐浴完,从玉佩中拿出一袭粉色石榴裙换上,美丽的秀发披在肩上,略显柔美。第三天一到便回到黎皇宫。

玥璃来回走了三天,这次她换上新衣服跪在地上说:"拜见黎皇!"

黎皇马上和善地说:"璃儿,没拿到冰莲没关系,婚约还在,去大牢待几天,说真话便可。"

玥璃看向站在旁边的云源问:"云源皇子,你始终不肯相信我吗?"

云源生气地说:"不信,妍璆是我从小就信任的人,我相信她不会骗我的,她很善良,更何况是这么严重的事情,而你不过是个外人。"

黎皇生气地放出威压,云源立马吐血,大臣们也一个个不是跪在地上,就是口吐鲜血,而玥璃完好无损地站在那里。

玥璃拿出冰莲说:"冰莲我摘到了,希望黎皇遵守诺言。"

黎皇伸手,冰莲瞬间到黎皇手中,黎皇笑着说:"你想要什么?我答应你。"

玥璃淡定地说:"我要休了云源。"

云源拍手道:"好,正好我也有此意。"

玥璃挽起袖子,是朱砂痣。

黎皇瞪了一眼云源说:"这是怎么回事儿?"

玥璃依旧平淡地说:"我宁可我们不曾相濡以沫,但愿我们从此就相忘于江湖。"

黎皇的脸瞬间冷到极点,威压瞬间在大厅漫开。玥璃虽然有洛语的保护,可还是口吐鲜血,其他人更为严重。

这时太后慢悠悠地走进大殿,黎皇收起威压说:"好一个玥璃,真是好样的,难道你想抗旨不成!"

云源看到太后立马跪下说:"她是沃朱国派来的奸细。"

玥璃并没有向太后跪下,只硬生生地说:"我要休了云源。"

太后顿时生气了,说:"好,很好,不过你得通过云刹阁,如果顺利通过云刹阁,我就放你自由,从现在起我只给你三天的准备时间,如果没有通过,恐怕后果就比这严重了。"

玥璃点头,抱拳说:"好,我三天后再来拜访。"

一瞬间便从众人眼前消失了。

玥璃走出皇宫对着空气说了一声："浩然。"

浩然赫然出现，恭敬地站在一旁说："他们太可恶了，小姐在外面租了个房子等你，我们现在直接去郊外的房子吧。"

随着谈话声结束，两个人不见了踪影。

# 4

玥璃看到在屋子里来回走的西门珠，便赶紧上前说："我们回来了。"

西门珠看了看玥璃问道："他们没有为难你吧？"

玥璃摇了摇头说："没有，只不过他们让我闯云刹阁。云刹阁究竟什么来头？"

浩然惊讶地说："什么？云刹阁可不是一般人能闯的，他们这不是存心要你的命吗？"

玥璃拍了拍浩然的手臂说："既来之则安之，睡一觉明天再想办法吧。"

玥璃随便挑了一个房间，作为她自己的卧室。夜晚，玥璃站在窗前观望这个小院，突然一阵寒风袭来，她关上窗户想回床上时看到云沐霜躺在她的床上。

玥璃生气地说："你怎么来了？"

云沐霜倒是淡定地说："一日不见，如隔三秋呀！有没有想我？"

玥璃坐到一旁的椅子上说："没有。"

云沐霜见玥璃忧心忡忡，便起身坐在对面的椅子上说："口是心非，听说你要闯云刹阁？"

玥璃点头说："消息这么灵通。"

这时一只灵鸽落在玥璃肩膀上，玥璃看了一眼云沐霜，取出信。

信上写着：不必害怕两国开战，休了他便好，等你回来。

玥璃微微一笑，云沐霜似乎猜到了一些说："他可真关心你呀！"

玥璃瞬间变脸说："是啊！"

云沐霜不高兴地说："你为什么对我这么不友善呢？"

玥璃站起来说："友善，当然友善。"

正当玥璃准备叫人赶走云沐霜时，云沐霜突然从前面抱住自己，轻轻地

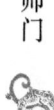

吻了一下说："祝你睡个好觉。"

玥璃用力推开云沐霜，突然觉得自己的灵力充沛，而他又不知所终了。

原来他是给自己渡灵力了。

早上，西门珠早早地起来叫玥璃，房间内，没人答应，于是赶快去叫浩然，浩然也不在房间内。却在桌子上看到点心，于是填饱肚子后，走向后院寻找。

后院中樱花纷飞的大树下，玥璃和浩然比试着剑法，浩然看到西门珠的一瞬间，玥璃的剑在浩然的脖颈上，停了下来。

玥璃把剑放下温柔地说："你怎么这么早就起来了？"

西门珠十分委屈地说："还不是为了你，想一起讨论怎么闯云刹阁，结果你倒好，在这里玩剑。"

玥璃走到西门珠旁边说："我没有一把称心如意的剑来防身，所以，我们打算去飘雪森林寻宝，你要一起去吗？"

西门珠看着浩然说："那里很危险，一定要去吗？"

玥璃挥着手中的剑说："是的，没有一个称手的灵器，怎么通过云刹阁呀？"

西门珠点头说："我们可以去炼器房啊！"

玥璃笑着说："你有钱吗？"

西门珠摇摇头说："没有，那我们就去飘雪森林吧！听说那里很漂亮。"

浩然冷不丁地来了一句："越美丽的东西越危险。"

三个人换身衣服便出发，不到一炷香的时间，就到达目的地。

西门珠第一个闯进去，可竟然被弹了回来，抱着头说："有结界。"

玥璃悄悄地输入灵力，但因昨天的伤还没好，灵力虽恢复了大半，但额头上都冒出了冷汗，还是没有破解阵法，于是对浩然说："我上次受的伤还没有痊愈，灵力不够解开这阵法，你可以借我点灵力吗？"

浩然默默地点头说："好。"

浩然运起灵力，往玥璃身体里运输灵力，有了浩然的灵力加持，玥璃轻松破解了阵法："谁让你这么冲动的，待一会儿别乱跑，这里面的气息异常，还是待在一起，一块儿行动较好。"

说完便吐了一口鲜血。

西门珠赶紧扶住玥璃，看着玥璃苍白如纸的脸，她说："要不我们还是回去吧！"

风轻轻一吹，淡淡的血腥味便在空气中飘散开来。

浩然继续输入灵力，好一会儿之后，玥璃才站起身，擦掉嘴角遗留的血迹后继续往前走。当他们进入飘雪森林，景色一下子变换了，外面是绿色常青，而这里是白雪皑皑，天空中飘着片片雪花，这时，阵法的力量突然松动，周围的一群冰狼马上围了过来。

冰狼的行动力明显在高阶灵者之上，他们三人决定分散开来对抗冰狼，看到周围的空地被冰狼尸体染红了，便知道在他们之前还来过一些人。

玥璃拿出冰箭迅速射向一只冰狼，冰狼连反击都没有马上流出鲜血倒在地上。

而其他冰狼，看见玥璃的冰弓后，默默地低头消失在森林深处。

西门珠靠近玥璃说："你真厉害！"

这时暄火惊讶地说："这件事好像不是你第一次遇到吧！"

玥璃默默地点头，然后对西门珠说："看来前面有很多人，我们要小心一点儿为好。"

浩然推算了一下时间说："糟糕，异灵空间要开启了，这里马上会聚集来自各地的强者。"

西门珠惊讶地说："异灵空间又被称为星耀空间，里面有很多灵器，可惜只有灵力够强才能进去，我们恐怕连进去的资格都没有。"

玥璃的紫眸亮了起来，说："我马上要突破中级灵者了，我们去试试。"

西门珠高兴地说："好啊！我们去试一试。"

浩然看着她们往前走，也只好跟上。

森林中央有一面湖，湖中央闪着一道白光，有很多人聚在那里。还有一些人直接冲过去，却被白光挡住受了重伤。

玥璃看着进去的人轻轻地说："走，我们悄悄地从后面绕过去，这结界我觉得我应该能破。"

越靠近白光越热，玥璃用灵力琢磨了好一会儿，终于找到了规律。灵力加强，玥璃瞬间消失在原地。

星耀空间的景色，和外面的飘雪森林完全不一样，玥璃被传送到一处山崖上，观看四周，发现西门珠和浩然不在自己身边，心想他们也许被传送到另一个地方了，所以没太在意。山下的人们相互争夺灵器，忽然，一旁高高耸立的一个古堡吸引了玥璃的眼球，于是，她从山崖上一跃而下，来到古堡门前用灵力推门进去。

这座古堡里的确有很多灵器，玥璃拿出玉佩，将他们全部收进玉佩里，连放在书架上的书也没放过。

玥璃小心翼翼地往前走着，到了一个没有光线的房间，想返回推门出去却发现竟然出不去，顺手把书桌上的玉佩拿上时一道暗门缓缓开启，玥璃知道自己没有退路可言。

暗门里比外面的房间更黑，里面只有一把插在地上生锈了的短剑，玥璃一眼就觉得这把剑很不错，走到短剑旁想拔出它时，短剑一阵晃动。

却不知外面的晃动更强，而外面的那些人也知道古堡里进了个人，所以行动加快了。

接着短剑闪出一道金光，一位老者出现在玥璃面前，老者的级别在尊师级上。

老者上下左右地看着玥璃惊讶了一番说："小女娃，你是来到这个古堡的第一个人，要拜我为师吗？剑你是拿不到的。"

玥璃无视老者的话，走到短剑旁边用力地拔出短剑，举起来，仔细观看发现剑柄上写着字便随口念了出来："璃王剑。"

剑从玥璃手上掉落，一个身影从剑身中飘了出来站在玥璃前说："属下愿意追随主人。"

玥璃悄悄握紧拳头，这时，暄火飞了出来说："你在干什么？快和他缔结契约啊！"

冰弓也知道了暄火的意思，凭空出现的一根线划过玥璃的手指，鲜血滴到璃王剑上发出一道红光，又马上恢复到原来的样子。

玥璃淡淡地说："你们两个的感情什么时候这么好了？不过，我喜欢。"

那个人影蹲在玥璃前说："璃王剑剑灵钧儒见过主人。"

玥璃毫不留情地指着剑说："我只要剑。"

钧儒愣了一下说："我属于剑，剑属于你，我属于你。"

玥璃一时间无言以对，一旁的老者见他们完全无视了他，便对他们发起猛烈的攻击。

玥璃拿起璃王剑开始和老者对抗，原本，玥璃自然不是老者的对手，可拿起璃王剑实力大增，竟让她突破了中阶灵者成了高阶灵者，虽然一开始占了上风，可不一会儿玥璃便觉得灵力不足，而老者像几千年没打过架似的越打越猛。

玥璃收起璃王剑，快速拿出冰弓，第一支箭射中了老者的手臂。老者生气了，大喊："小女娃，拿到璃王剑就别想从这里活着离开了。"

老者的威压，加上空气中的石子像刀一样从玥璃身上剐过，瘦小的身子布满伤口，鲜血横流。老者再一次发动灵力，那些石子再一次飞了过来，玥璃用全身灵力挡住了那些石子，却再次被老者的灵力所伤，口吐鲜血，只能用意志支撑，看着那被打得几乎喊不出声的少女，老者很是得意。

这时，那位老者突然停了下来说："小女娃，告诉我你的名字，拜我为师，星耀空间就属于你。"

暄火异常兴奋地说："这可是空间啊！宝贵得很，快答应，快答应。"

玥璃清楚自己的身体状况，也知道如果再硬碰硬不会有好果子吃，勉强靠着墙跪在地上磕了三个响头说："玥璃愿意拜您为师。"

老者笑着摸了一下胡子，将自己的灵力和功法变成记忆存到玥璃脑海中后，说："我死前终于有徒弟了。"

随着老者的消失，一把钥匙出现在玥璃面前，玥璃握住钥匙，钥匙便被收进玉佩里，接着，她吃下一颗治愈丹，从后门悄悄溜走了。

拜入师门

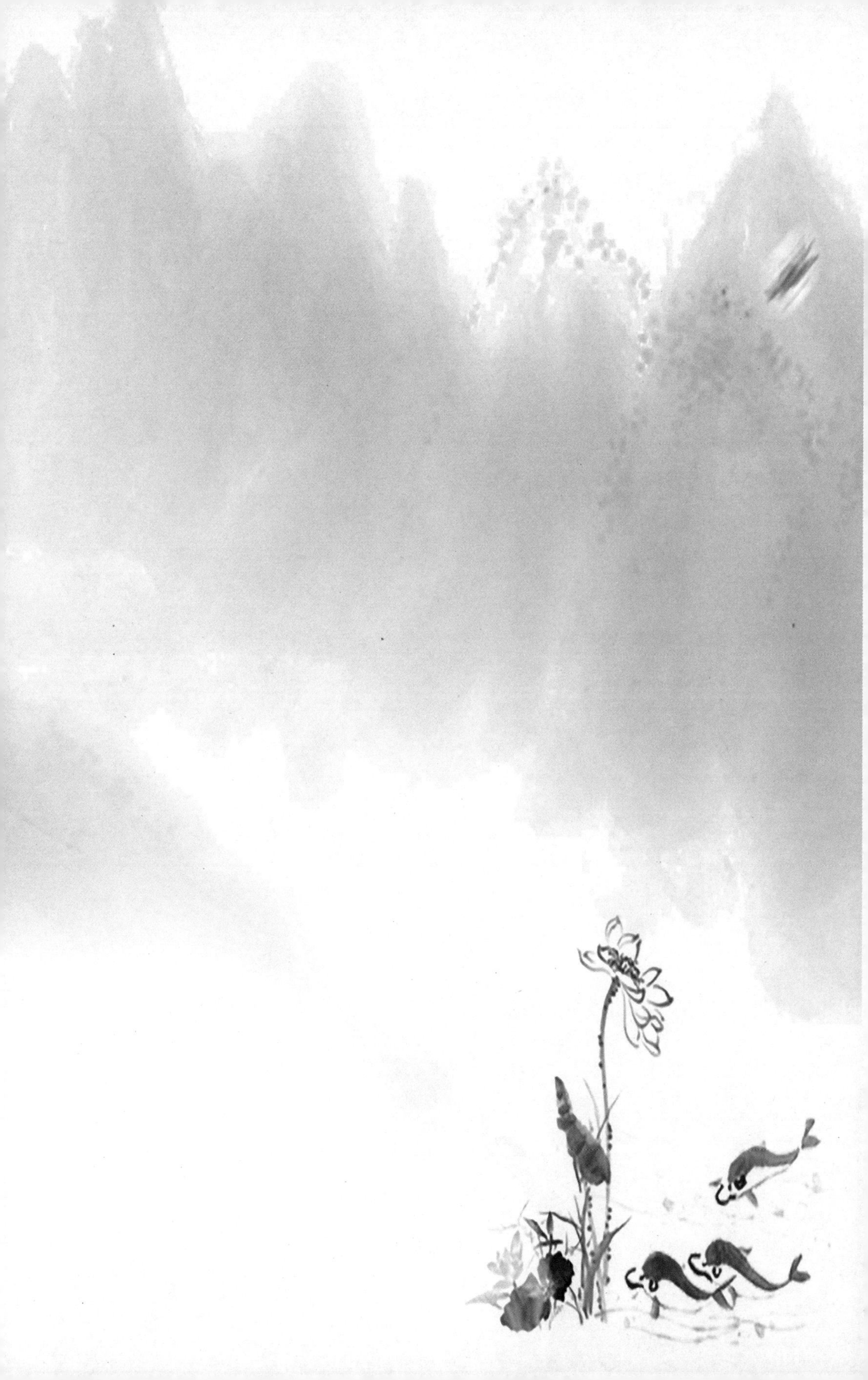

# 浮而不实

**1**

玥璃走后不久,那群人便来到刚才的地方,发现剑已经不见了,四处寻找拿那把剑的主人。而玥璃回到第一次来的山崖上,用地图观看每个人的活动情况,却始终没见到西门珠和浩然的身影,说:"他们不会被结界挡在外面了吧!"

一个神秘的声音传来:"他们两个的确被挡在外面,只因他们的实力不够。"

玥璃马上收起地图往后看,原来是云沐霜,便说:"你也是来争夺那把剑的吗?"

云沐霜摇头说:"我只想来看看秘境的传承人到底是谁?"

玥璃立马警惕起来说:"那你找到了吗?"

云沐霜把玥璃的动作看在眼里说:"没有,不过你第一次和我说这么多话呢!"

玥璃再没有说话,云沐霜往前跨了一步继续说:"你有出去的方法吗?好像不到七日不能出去呀!你的那两位朋友要在外面等着急了呢!"

玥璃听到西门珠和浩然的消息说:"你的灵力这么强,自己不能闯出去吗?"

云沐霜的嘴角上扬一下,扶额道:"可是这样的话秘境传承人会遭到反噬,我不想让你受伤,你已经受了很重的伤。"

玥璃反问道："你不是已经知道了吗？"

云沐霜握住玥璃的手说："我发誓我不会告诉任何人，如果告诉其他人我就天打雷劈不得好死。"

玥璃点头，动用灵力启动阵法，两个人便马上出去了。外面西门珠和浩然看到玥璃平安地走出来便迎上，玥璃悄悄往后看时云沐霜已经不见了，说："我们回去再说。"

西门珠和浩然点头说："好，今天是第二天，我们必须马上回去。"

晚上，三个人回到大厅，玥璃布下隔离阵，拿出璃王剑。

浩然惊讶道："这是璃王剑。"

玥璃轻轻点头，浩然又接着说："这下闯云刹阁应该能自保了。"

玥璃皱眉扶着椅子说："最后一天，我想在房间里待着，你们不必管我。"

西门珠和浩然对视了一眼异口同声地说："好。"

玥璃回到房间便倒在床上，夜里一道月光照进她的房间，云沐霜走到玥璃身旁为她输入灵力治愈伤口，而玥璃却在梦中不知这一切。

早上醒来，她觉得太阳暖烘烘的，也觉得自己的灵力充沛，便开始回忆起老者教她的剑法，名叫"曜光诀"。玥璃用一上午精通了前六门绝招后便开始研究阵法。

三天过去了，皇宫里的人们早早地来到云刹阁前等待玥璃的到来，可是却迟迟不见玥璃的身影。

妍璆抱住云源的手臂说："她该不会是害怕，不敢来了吧？要是这样的话退婚可就麻烦了。"

云源正要示意暗卫去找玥璃时，一道红色的身影快速地从他们面前走过，说："谁说我不敢来的？"

太后慈祥地说："既然璃儿来了，那么进去吧！"

黎皇望向另一边说："开门吧！"

从人群中不紧不慢地走出一个人，此人身穿淡白色宫装，外罩一件纱衣，看起来十分华贵，美眸顾盼间华彩流溢。云沐霜回头看了一下玥璃便打开了云刹阁的门，玥璃惊了一下，随后便进入云刹阁。

云刹阁第一层是布满火焰的房间，玥璃踏入房间的那一刻便感觉到热，这时暄火说："该是我出马的时候了。"

喧火的本命就是火凤凰，所以这些小火她根本不放在眼里。当玥璃和喧火前进时，那些火自动让出一条道路，顺利地拿到了房间中央的火之苗，第二层的楼梯被放下来，只要安全地通过第二层森林房间便可以上第三层，玥璃不急不慢地往前走，原本要攻击她的高阶灵兽现在却躲在一旁看着玥璃。

玥璃指着那些灵兽说："你们不是应该阻挡我过去吗？"

那些灵兽以为玥璃生气了，便纷纷靠近玥璃献上自己的灵兽蛋。玥璃淡定地说："洛语，是不是你做的好事？"

洛语一听到自己的名字连忙反驳说："没有啊！天地可鉴，真的不是我做的，你应该好好猜猜自己的身世了！"

玥璃蹲下来温柔地对那些灵兽说："我不要你们的灵兽蛋，你们自己保管好。"

第二层顺利地过去了，接下来是第三层。第三层房间中央只有一些藤蔓，玥璃走到中央时那些藤蔓缠绕住了玥璃，把玥璃绕成了粽子，怎么都砍不动。这是心魔幻境，如果不能抵抗住自己的心魔就会被藤蔓吞噬，成为它们的养分。玥璃看到的是自己的小时候，拿着剑和父皇比剑，画面一转又变成弟弟看到自己被打露出开心的笑容。玥璃流出一滴泪陷进回忆里，这时云沐霜的声音断断续续传来："玥璃，快醒过来，你还有我。"

这下玥璃知道了这是陷阱，便马上破解了心魔，第四层的楼梯被放下来了。

外面的那些人根本没想到玥璃会这么快到达第四层。

而玥璃冒出冷汗。再耗下去也不是办法，她知道外面的那些人正在看着自己的一举一动，便举手说："前面都太简单了，直接把我送到第九层，不过分吧！"

黎皇和太后对视了一眼点头看向云沐霜，云沐霜只好照做。第九层里关押着一只远古神龙，这只神龙是云沐霜当年从梦尘山抓来的。玥璃刚踏入第九层便感觉到神龙的气息。

神龙高傲地说："来到这里是你的运气，但你不可能从这里活着出去。"

玥璃淡定地说："那可不一定。"

玥璃拿出冰弓冲上去，可她毕竟只是一阶的高阶灵者，刚上来就处于下风，而神龙这是第三次见到活人，异常兴奋。

神龙接二连三地发起攻击，玥璃被它的风刃刺得满身是伤，可是穿了红色衣裙从远处看不到鲜血的晕染，云沐霜却暗暗记恨上了这只龙。

玥璃割破手指用鲜血启动隐蔽阵，让外面的画面变得模糊。就算云沐霜加强灵力也仍然无法让画面清晰起来。玥璃这才拿出璃王剑再次冲出去，越靠近神龙，风刃的力度越大，玥璃用全部的力量快速地移到神龙后面并刺中神龙背部，璃王剑第三式狂飞凤舞，被剑刺中的地方蓝色的鲜血快速地溢出。

玥璃微微一笑，神龙发怒了，用尾巴一拍，玥璃被重重地摔在墙上，仿佛身体被生生撕裂开来，嘴角更是不断地淌出鲜血，玥璃扶着墙壁，慢慢站起来收起璃王剑，拿出冰弓用剩下的灵力射中神龙刚才的伤口，神龙趴在地上奄奄一息。而玥璃瘦小的身体不断颤抖着，鲜血不断流淌，趴在地上拿出一枚治愈丹吃下才勉强站起。

神龙终于平静下来，看清了玥璃的真实容颜，说："孩子你……以后这里可能不会来别的挑战者了，你拿上这颗蛋替我照顾好它，这个送给你。"

神龙死前把自己的兽丹送给玥璃，玥璃一口吞下灵丹马上融为一体，一开始感觉很舒服，突然遭到反噬，灵力薄弱了阵法也自动解除。此时，外面的人们看到的画面，就是玥璃跪在地上大口大口地吐鲜血，神龙奄奄一息趴在地上。

之后，玥璃扶着墙慢慢站起来，发现自己体内的封印又解了一道。

第十层的楼梯被放下来，玥璃扶着楼梯走上第十层，发现房间里并没有什么东西，小心翼翼地扶着墙继续往前走时，房间中央突然出现一个人。

玥璃抬头见是云沐霜，便停在原处。云沐霜的嘴角上扬大声说："你只要伤到我，就算通关成功。"

玥璃扶额，却没有停止向前走，云沐霜一转身来到玥璃面前小声地说："你让我亲一下，我就放你出去。"

玥璃勉强站直身子，拿出冰弓说："你想得倒挺美。"

两个人一攻一退，玥璃快坚持不住了，毕竟实力差距太大。玥璃悄悄地把冰弓收起来，拿出璃王剑和云沐霜的云刹剑对抗。云沐霜先是惊了一下，不过很快恢复了，说："我的王妃真厉害。"

玥璃不语，但打得更加用力了。就在云沐霜愣住的一瞬间，玥璃使出曜光诀第六式，虽然擦伤了对方一点儿，但还是被云沐霜巧妙地躲开了。

云沐霜也认真起来，使出云刹剑第二式——暗云破。玥璃的灵力一半都用在刚才的剑法上，现在根本无力抵抗，看着刺过来的剑，她嘴角微微勾起，闭上眼睛。突然，暄火从玉佩中幻化出真身替玥璃挡了这一击，随即身影慢慢消失在空中，玥璃窥探玉佩里的情况，发现暄火幻化成一颗蛋，静静地躺在空间里。

就算暄火替她挡了一击，可她还是被一些招式击中，胸口一阵血气上涌，玥璃没忍住，噗的吐出鲜血，扬起一片血雾，染红一片前襟。

云沐霜看见玥璃被自己打伤，瞬移到玥璃面前深吻了下去，然后说："对不起，我的王妃。"而外面的人是看不到第十层的画面的。直到玥璃虚弱地走出云刹阁，西门珠马上迎了上去。玥璃被西门珠扶着，她抬头对太后说："太后，我做到了，请兑现您的诺言。"

## 2

太后看了一眼云源，说："好，你走吧！我们也不是不讲理的人。"

浩然也来到玥璃身边，想扶住玥璃时被玥璃阻止了。

浩然只好放下手，叹息着说："少主，马车就在宫门外。"

玥璃点点头向前走去，可不知云源看她的眼神变了，云源第一次觉得自己的决定是错误的。妍璆见云源始终看着玥璃走的方向，便说："云源哥哥，我们什么时候成婚？"

太后狠狠地看了一眼妍璆，对云源说："你只能纳妍璆为侧妃，好自为之吧。"

玥璃走出刚才热热闹闹的地方，便一下子跪在地上，嘴角缓缓涌出殷红的血，顺着嘴角蜿蜒而下，滴在地上。

西门珠想扶住玥璃，却因为力量不够一起倒在地上。云沐霜悄悄地来到玥璃身后，抱住玥璃说："马车在哪里？"

浩然虽然不满玥璃被云沐霜抱着，可自己也不便抱少主，便指向马车所在的位置。

西门珠和浩然到达马车时，云沐霜已经走了，而玥璃闭着眼在马车中坐着。

西门珠急急忙忙跑进马车里哭着说："玥璃，你……没事吧？"

玥璃握住西门珠的手说："放心吧！我没事，我可是炼药师。"

西门珠敲了一下自己的头，望着玥璃说："对啊！你是炼药师，我忘了。"

玥璃替西门珠擦掉眼泪说："笑一笑吧！"

西门珠点头如捣蒜，马车里传出笑声，浩然紧绷的心放下了。

玥璃拖着沉重的身子，回到房间，发现床上有个人，拿起茶杯走近一看是云沐霜，便坐到椅子上倒茶喝。

云沐霜坐到对面的椅子上，温柔地看着玥璃说："想我了吗？"

玥璃并没有回答他。云沐霜继续问："你要走了吗？"

玥璃也没打算瞒这件事，便点头说："怎么？你舍不得我！"

云沐霜突然认真起来说："你先走，过几天我忙完手头上的事情便过去找你。"

玥璃惊讶地说："不用，从此之后你做你的黎云国太子，我做我的少主，两不相见吧！"

云沐霜知道，玥璃的灵力还没有恢复，便从后面抱住玥璃说："乖，听我的话，你最信任的好朋友也有可能别有用心地接近你，所以，千万不要相信自己以外的人。"

玥璃没理他，云沐霜悄悄地为玥璃注入灵力，愈合伤口时玥璃实在忍不住睡了过去。

云沐霜便抱起玥璃放到床上，黑暗中有一个人蹲跪着说："主上，我们真的要和王妃走吗？"

云沐霜皱着眉说："津泽，我的话不会说第二遍，你和玥璃的马车先走，但是记住不能被发现，我稍后就会赶到。"

津泽见过好几次玥璃的手段，知道她的决绝狠辣，便默默地退下。

第二天一早，玥璃在各种各样的店铺买特产时，看到自己的名字被写上了悬赏令，便快速回到小院，西门珠和浩然无比紧张地迎上来。

浩然抢先一步说："少主，你去哪里了？我们还以为你被捉走了。"

玥璃高兴地说："没事，没事，想回去时买点这里的特产。给，还没有吃早饭吧？"说着从玉佩中拿出一袋热乎乎的包子。

浩然见西门珠也看着包子便说："给大小姐吃吧！我不饿。"

玥璃摇头说："吃饱了才有力气战斗，我刚才看见自己的名字被写进悬赏令了，而且我买了好多袋包子，够我们几个吃了。"

浩然听到玥璃的话，默默地拿起包子，然后给西门珠一袋包子，又跟对面的树说："给，这是你的包子。"

津泽没想到自己这么快就被发现了，便从树上跳下，快速走到玥璃面前跪着说："谢谢王妃。"

玥璃就当作没听到刚才的话，从玉佩中拿出一袋包子说："你叫什么？我总不能每次都叫你'喂'吧！"

津泽马上恭敬地答道："王妃，我叫津泽。"

玥璃这下黑脸了说："别叫我王妃，叫我玥璃或者玥姑娘。"

津泽看见玥璃的神情变了，便点头，拿上包子消失在原地。

玥璃一本正经地说："津泽。"

"……"没人应答。

浩然也急了，说："他的身份？"

玥璃看了一下刚才的地方，小声地说："云沐霜的暗卫。"

西门珠握住玥璃的手说："那他为什么来……"

玥璃反握住西门珠的手说："我猜是因为悬赏令，更何况送上门来的人力资源，我们为什么不利用一下呢？"

西门珠和浩然默默地点点头，随后西门珠和玥璃坐上马车，行驶一段时间后，突然停了下来。

浩然大声地说："少主，小姐，城门紧闭，出不去了。"

西门珠吃惊地说："怎么回事啊！"

玥璃轻笑了一声："难怪啊！对方这么淡定，浩然，去把马车停在离城门远一点儿的地方。"

浩然继续向前走时西门珠问："现在该怎么办？"

玥璃淡淡地说："用阵法传送。"

浩然立马反驳道："不行，我们还不知道外面的情况，再说这样传送的话你的灵力会减弱到一半，而且他们要抓的人是你，你的境地会很危险。"

玥璃却说："不用担心我，更不用担心外面的情况，我们还有一位好朋友呢！津泽这时已经到城门外探察回来，在马车里跪着说："城门外围着好多士兵，还有一些暗卫，三尺之外有一个好地方，可是有点儿太远了。"

玥璃摇摇头说："没事，你怎么又跪下了，不是叫你站着说话吗？"

津泽立马站起来，可却忘了在马车里，以至于头被上方重重地撞到，然后又抱着头坐在离玥璃很远的地方。

西门珠大声地笑着说："他不会把最笨的一个送给你了吧！"

玥璃的嘴角微微上扬，并没有说话，西门珠突然严肃起来看着玥璃说："你有没有去过琼梦国？我觉得你很像……"

玥璃本能地答道："没有。"

西门珠睁大眼睛，玥璃抓住西门珠的袖子说："我是说，我怎么可能会去过呢？我可是个孤儿。"

西门珠嘟着嘴："可我看你很像那一位万众爱戴的……"

津泽制止了她要说的话："你这样会让她分心，那我们的目的地就会跑偏，她的灵力耗损会更加严重，所以请你安静点好吗？"

玥璃用赞许的眼光看了一眼津泽，然后加强阵法的程度，一道白光一闪而过，玥璃突然吐了一口血。

西门珠的第一反应是往窗外看，此时他们已经到了森林里。津泽用敬佩的眼光看了一眼玥璃，悄悄地退出去。

西门珠对浩然说："我们先在这里休息一下吧！"

玥璃用手帕擦掉血说："不行。"

浩然也同意西门珠的观点，跳下马车从四周捡来干柴，堆下火堆，慢慢地说："你们先在这里等一下，我去捕猎物。"

浩然正准备走时，看到津泽提着鱼和一个蛋走过来说："吃烤鱼吧！"

西门珠小心翼翼地扶着玥璃下马车，浩然对津泽冷哼一声转身坐到火堆旁，玥璃坐到火堆旁一眼就看到那个蛋，说："这个蛋……"

津泽把蛋放到火上烤着，说："给王妃补充营养的。"

玥璃赶紧把蛋从火上拿起来，说："这是兽蛋。"

西门珠看着这个蛋吞了吞口水，说："那这个蛋是不是不能吃了？"

玥璃点了点头把蛋扔给津泽，说："连兽蛋都不认识？"

"果然是最笨的。"西门珠小声地说。

津泽看着手上的蛋认真地说："王妃，这只蛋送给你。"

玥璃接过浩然的烤鱼说："我不要，我已经是高阶灵者了。"

西门珠和浩然瞪着玥璃，而津泽却跪下说："就当是……"

玥璃瞥了一眼津泽，收起兽蛋淡淡地说："我不会成为你口中的王妃。"

一时间的沉寂由西门珠打破，说："你的灵力恢复了。"

玥璃点头，说："继续往前走是什么地方？"

浩然指着前方说："是琼梦国。"

玥璃叹了一口气说："是啊！我忘了，有绕过琼梦国的方法吗？"

津泽这时说话了："没有。"

玥璃看着津泽说："最近琼梦国有什么消息吗？"

西门珠突然开口说："太子登上皇位，听说在找他的姐姐。"

浩然也附和道："听说他们一家其乐融融。"

玥璃立马反驳道："不可能。"

玥璃意识到自己这话欠妥，赶忙接着说："不怎么可能啊？听说都被一夜之间灭国了，无人生还的。"

西门珠这时抓住玥璃的手说："这种事可不能乱说。"

浩然也说："听说太子和冯香国联手了，而且民间还流传着一个歌谣。"

津泽抢先一步说："温山轻水不及你，紫眸少女月静好。"

浩然补充了一句："得紫眸少女者，得天下。"

玥璃被这句话惊了一下说："最后这两句是谁说的？"

浩然摇头，西门珠和津泽也跟着摇头。

西门珠继续说："你对这个挺感兴趣的？"

玥璃并没有回答这个问题，只是叹了一口气说："如果我明天突然不见了，不要来找我，就在沃朱国边境的客栈等我。"

西门珠反问道："为什么？"

玥璃把手放在西门珠的肩上慢慢地说："我是说如果！"

浩然看着玥璃的动作小声地说了一句："这样的如果我绝不会让它发生。"

玥璃又想到一件事，问："易容术可以让眼睛也变色吗？"

西门珠摇了摇头说："不行，我哥说只有眼睛和气味不能变。等等，你为什么要问这个？"

玥璃赶紧闭上眼睛说："没什么！我累了，先睡了。"

西门珠和浩然你看看我，我看看你，最后看向津泽时，他已经消失在原地。

## 3

第二天早上,阳光正好,西门珠和浩然醒来时看见一个翩翩公子站在面前。浩然用手臂护住西门珠,问:"你是谁?"

玥璃轻笑了一声说:"连我都不认识了?"

西门珠马上喊道:"玥璃?"

玥璃点头说:"我在琼梦国里有个老熟人,所以易了容。没想到你们俩也没看出来,看来我的易容术还行!"

浩然皱了眉说:"你说的老熟人不会是?"

玥璃故意装出吃惊的表情慢吞吞地说:"你也认识香辞?"

浩然平静了一下说:"他是冯香国的人。"

玥璃点了点头说了一声:"哦!那我记错了,我们快点出发吧!"

琼梦国的大门外有重兵把守,而进出的人必得一个个被盘查,西门珠马上着急了,说:"看来我们得面圣,才能放行。"

这时浩然从那些小兵口中也打听到了消息,说:"圣上的姐姐失踪了,所以城内外都有重兵把守,而且从这里经过的人必须面圣才可以放行。"

玥璃点点头,说:"那面圣的话需要全都去吗?还是派一个代表去就可以了?"

浩然语重心长地说:"全部。"

玥璃心想既然逃不过那就面对吧,然后说:"那就去见见琼梦国的皇帝吧!"

进宫前玥璃就打算好一切,他们从容淡定地走到大厅中央拜见梦皇。西门珠上前一步说:"我是沃朱国的公主——西门珠,此行出游东边的黎云国,现在玩够了,要回家,请梦皇放我们出行。"

浩然接着说:"我是西门家的管家。"

最后玥璃也平淡地说:"我是西门珠的表哥。"

刚说完就有人笑了一声,说:"你的美貌连易容术都掩盖不了,是不是?"

随着声音从暗处走出来一个男人,他相貌极其温柔俊美,刹那间,仿佛黑暗中翻开大片皎白的花瓣,明明腹黑却爱穿白色。

玥璃看了一眼便知道是香辞,说:"是你!"

香辞挥了一下扇子大笑一声:"能让小美人记住我,真是三生有幸啊!"

说完举起右手打了个响指，殿外便来了六个王者灵师级别的暗卫，把大殿包围得严严实实，然后，他又慢吞吞地说："我们只想请玥璃小姐在这里住一段时间罢了！"

玥璃冷笑一声说："这就是你们琼梦国的待客之道吗？"

这时梦皇开口说："明明是女人，却女扮男装，你觉得我们是很好糊弄过去的吗？"

玥璃看了一眼西门珠，正要开口说话时，被香辞制止说："我们只请玥璃小姐一人。"

玥璃惊了一下又淡然地说："那他们呢？"

梦皇摆手，马上有一位大臣走上前跪在地上说："臣一定会把他们安全地送到城外三里处的客栈。"

当他们被请走后，玥璃握住拳头。梦皇再次开口："把姐姐送到倾梦轩休息。"

这下下面的大臣们议论纷纷，最终一位经验老成的大臣走上前说："让这位小姐住倾梦轩不合适吧！"

香辞一步一步走到玥璃正前方说："你们仔细看过她的眼睛吗？是很罕见的紫色呢！"

大臣们纷纷看向玥璃，玥璃紧张地闭上眼睛。

最后玥璃乖乖地住进了倾梦轩，正确地说，是被关在了倾梦轩。当晚便来了两名丫鬟服侍玥璃，玥璃用屋内的陶瓷打晕了其中一个丫鬟，换上她的丫鬟服，又用银针封住另一个丫鬟的嗓子，要求她带自己出皇宫，那位丫鬟吓得连忙点头。推开门发现外面有四名暗卫，玥璃往前走一步，其中一名暗卫拦住她的路，玥璃正准备用银针时那名暗卫向屋内看去，只见有个人躺在床上，摆手示意暗卫让她们走。

走到北门，玥璃将另一名丫鬟打晕，翻身出宫，发现津泽在宫外等她。津泽看到玥璃的一刹那激动地说："王妃你怎么样？"

玥璃摇头，然后用轻功快速往森林走去。津泽也跟上去，玥璃边走边说："没事，快走，他们应该会马上发现我不见了的。"

沉星雨林一片寂静，玥璃感觉到一丝不对劲，对津泽说："你有没有觉得很奇怪？"

浮而不实

津泽点点头说:"按道理来说,晚上是捕获猎物的时间,可是现在竟然看不到一个动物。"

玥璃用精神力搜索了一遍:"应该是多虑了。"说完便继续往前走。不一会儿便有两群黑衣人追上来,玥璃小声地说:"分头跑,客栈见。"

津泽故意慢半拍地往反方向跑去,玥璃快速地往森林深处跑着,因为她知道这林中有一种幻境,有很多人在这幻境中丧命,玥璃这时故意在前面亮了个相,随后便躲在其中一棵大树上,那黑衣人的速度很快,立马追上来,玥璃打了个响指,惊动了那些黑暗中的精灵们,以至于那些黑衣人无一人幸免的全都落入陷阱,玥璃高兴地从树上跳下来。

洛语问道:"主人,你怎么会知道这里有幻境的呢?"

玥璃耸了耸肩说:"我读的书多呗!"

洛语继续想问的时候,玥璃出声:"别说话。"

朦胧的月光下依稀看得见还有一群黑衣人,玥璃握紧拳头说:"我就知道肯定不只有两群人。"

这时,洛语生气了,说:"他们太可恶了。"

玥璃安抚住洛语的情绪说:"来得正好,让他们看看我们的厉害。"

洛语却说:"别冲动,如果他们知道了你的实力就麻烦了,我知道从这里往东走有虎群洞,可以把他们引到那里。"

玥璃点头同意,说:"好,就这样吧!洛语你带路。"

玥璃每走一段时间就会露出自己的身影,直到来到一个洞穴,玥璃从地上捡起一块石头扔进洞穴,随后站在高处静静地望着一群黑衣人走进洞穴才快速地离开。另一边,那些黑衣人发现自己追的人根本不是玥璃时已经返回去了。

玥璃没敢休息片刻,独身前往客栈。幸运的是在赶路的过程中没有再碰到黑衣人,来到客栈时天已经微微亮,津泽已经在客栈中等着她了。

浩然也一夜没睡,一直在椅子上坐着,直到看见玥璃,他紧绷的心才放松下来,深吸一口气后,急忙走到玥璃面前问:"少主,你没事吧?他们为什么要抓你呢?"

玥璃紧张了起来,说:"大概是因为我和香辞有点儿渊源吧!"

津泽一脸不可置信地说:"王妃,你怎么来得这么慢!"

这次玥璃倒是没紧张，说："我遇到两批黑衣人了。"

浩然这时说："安全回来了就好。"毕竟她才是那个高贵的人。

玥璃继续说："西门珠醒了吗？我们还是快走吧！以免再有黑衣人追上。"

津泽也同意，说："快点叫醒西门小姐出发吧！"

浩然去叫西门珠之前深深地看了一眼玥璃，想着希望少主以后不会记恨他们，直走到西门珠门前才缓缓收起思绪，敲了敲门说："小姐，少主来了，要出发了。"其实西门珠根本没睡，因为她怕事情败露，也怕失去一个好朋友。

西门珠心事重重地下楼和玥璃坐上了同一辆马车，快马加鞭地往沃朱国赶去，直到午时他们抵达沃朱国。

西门霖依旧站在大门口热情地迎接玥璃，说："一路舟车劳顿辛苦了。"

西门珠一下子抱住西门霖说："哥哥，我真的好累啊！"

西门霖对西门珠使了个眼色说："现在不累了吧！哥哥专门来给你们接风洗尘了。"

这下西门珠挽住玥璃的手臂说："走吧！换上新衣服去吃好吃的吧！"

玥璃默默地点头，转身回到自己的客房，而西门珠跟着西门霖走进书房。却不知沃朱国的天已经变了。西门霖一本正经地说："皇帝快不行了，我有方法把皇位拿到，现在就准备婚礼把她套牢吧！"

西门珠乖乖地点头说："好，哥哥我会尽力的。"

过去酒逢知己千杯少，现在酒逢千杯知己少！

两个人聊完便向反方向走去，当西门珠穿着大朵牡丹翠绿烟纱碧霞罗，身披金丝薄烟绿纱，低垂的鬓发斜插镶嵌珍珠碧玉步摇，往玥璃房间走时，刚好遇到了去找自己的玥璃，便微笑着说："你真快啊！我差点儿让你等在门外了。"

只见玥璃一袭红衣，冷艳妖异，玫瑰金钗将长发挽起，红衣上绣了金纹，华丽雅致，犹如空中绽放的烟花。

玥璃反握住西门珠的手说："常常让你等我，这次我也想等你一下的。"

西门珠惊了一下，连说说："不用，不用。"

说完便拉着玥璃的手走向宴会厅。

浮而不实

## 4

　　邀请参宴的人差不多已经都来了，西门霖也站在中央，直到看见玥璃和西门珠走进宴厅，才宣布晚宴正式开始。

　　这次的宴会是一个秘密宴会，但只有玥璃不知道其中的缘由，而其他人都心知肚明——这是一场订婚宴，主角就是西门霖和玥璃。宴会进行得很慢，其中还有一段小插曲。兰家小姐兰溪挑衅玥璃，站起来走到中央说："兰溪请求西门哥哥让我和玥璃小姐比一场，不答应就是不给我面子了。"

　　西门霖深情地望向玥璃，玥璃把玩着面前的茶杯，不以为然地看着兰溪说："说吧！你想比什么？"

　　兰溪把西门霖的一举一动看在眼里说："就比你最擅长的东西吧！"

　　玥璃点点头说："我对弹琴、跳舞、下棋都颇有研究，要不你来选一个比吧！"

　　兰溪的脸色立马黑了下来，不过碍于她的修养并没有太大地表现出来，便说："那行，我跳舞你为我伴奏。"

　　玥璃爽快地答应下来，可又立刻后悔了，因为在场的人以前都听过她弹的琴。玥璃上前走到中央坐下，马上有一把好琴放在面前，但这把琴的琴弦没磨好，弹这把琴就像是把手放在刀上割一样。

　　尽管如此，玥璃还是淡定地抚着琴，琴身发出优美动听的声音来，吸引了所有人。兰溪在旁边拼命地跳着舞却没人看，除了兰溪和玥璃，其他所有人都闭上眼睛去听琴声，以至于琴声完了好一会儿玥璃站起来说："献丑了。"

　　这时人们才从刚才的琴声中悠然回过神来。

　　玥璃悄悄回到座位，兰溪看到在琴上留下的血迹，满意地笑着说："小女自愧不如献丑了。"便也回到座位。

　　西门霖看到兰溪的笑容，暗叫不好，在看到玥璃淡定地坐在那里时才放心，说："兰溪，这个琴看起来很不错，把它送给我如何？"

　　兰溪立马站起来说："不行。"

　　这时西门霖发现了其中的一些猫腻，对西门珠说："去，把那个琴拿过来我想看看。"

　　玥璃也紧张地说了一声："不行。"

　　西门珠看着玥璃快步走到中央，一看琴身都是血，立马惊声："啊！"

说完便跑到玥璃面前说："玥璃，你好像从刚才到现在还没喝上一杯茶吧？现在喝杯茶解解渴吧！"

玥璃点头说："无事，我不渴。"

西门珠绕过桌子，走到玥璃身旁拉住她的手说："你明明知道我说的不是这个，你看你的手流血了，很严重。"

西门霖也没真的打算让西门珠把琴拿上来，于是命其他下人去拿，西门霖看到琴身那一刻很是着急，直到西门珠把玥璃的手展现在他面前，这才知道有多严重，鲜血流红了袖子还在不停地流着，这一刻便是恐慌。

西门霖走到玥璃旁，这下西门霖眼中只剩下玥璃了，就这样直直地看着她时，西门珠拿来了医药箱说："哥，先快点止血吧！"

这下西门霖才缓过来，轻轻地把玥璃的手放到自己的手上，看着这些深深的伤口，西门霖脱口而出："疼不疼？"

玥璃摇头说："不疼。"

她已经麻木了。

西门霖小心翼翼地做完一系列包扎之后，允许玥璃先行离开。当玥璃踏出宴厅的那一刻，宴会厅里的气氛全变了。浩然有眼力地抓住了想要逃走的兰溪，西门霖没说话，西门珠却开口了："你为什么要这么做？"

兰溪装作无辜的样子也没有说话，直到西门霖说："把兰溪押入地牢，严刑拷问。"

兰溪大笑一声说："我这么做还不都是为了你，她一个外人凭什么和你定亲？我对你的感觉你又不是不知道！"

西门霖冷笑了一声："你不配。"

说着摆手，一个高大的男子将她拖走。

另一边，玥璃走到自己的院子里时发现梨树下站着个人，慢慢走近发现原来是云沐霜。想原路返回时，云沐霜开口了："他是什么样的人你知道吗？"

玥璃当然知道他说的"他"是谁，便说："一个很好的人。"

云沐霜的嘴角上扬说："别被一个人的外表给骗了，他可不像表面那么简单。"

这下玥璃点头说："那你呢？"

云沐霜一把搂住玥璃的腰，把她拉向自己说："你终于对我感兴趣了！"

浮而不实

玥璃无语地摇头，云沐霜紧紧地抱住玥璃说："初识只作乍见之观，日后惊于久处不厌，我来见你了。"

玥璃显然是被他的话惊到了，说："本是青灯不归客，却因浊酒留于红尘，这样真的好吗？真的值得吗？"

云沐霜听到玥璃的这句话，不枉他千里迢迢赶来见她，便说："值得，初听不知曲中意，再听已是曲中人，你我第一次可不是在黎云国见的。"

玥璃惊讶，刚想说话时听到有人来，想催促云沐霜赶快走时人已经不见了。

其实，从第一眼起，我便认识你了！但没想到一眼便是终。

玥璃就这样站在院子里时，西门霖拿着医药箱轻声地走过来说："手还疼吗？"

玥璃摇头，西门霖拉着她的手，坐到一旁的石桌上又细心地拆开绷带，涂着药说："三里清风，三里路，我在等风也等你。"

玥璃并没有接下话，西门霖似乎也知道她不想说话，便继续说："两国开战了，对方的意思是我们抢了他们的王妃，执意为战，我明天就要应战了，你有没有想对我说什么话？"

玥璃决然地说："我陪你一起。"

西门霖摇头说："不用，我不想让你再为我受伤了。"

玥璃仿佛没有听到西门霖的话："一切由我开始，便由我结束吧！"说完便回到自己的房间，回想起云沐霜的话，就这样仔细想起来还真是让人匪夷所思。

第二天一早，院里的嘈杂声越来越大，玥璃走到院子里问西门珠："怎么回事？"

西门珠非常慌乱地说："咱们里里外外都被算计了，现在二皇子西门钰舒去宫里造反去了，而我哥去平息怒火去了，但现在城外加急密报来了，说没有主心骨快抵不住了，不知道现在该怎么办才好了？"

玥璃想了一下说："城外不用麻烦你哥了，让我们来搞定吧！毕竟这场战争因我而起，就因我而结束吧！"

西门珠也激动地说："好，我来帮你。"

"我也来帮忙。"浩然附和道。

玥璃、西门珠和浩然一行人来到城外时看到我方损失惨重,玥璃拿出冰弓穿上盔甲骑上马走上战场,津泽也出现了,说:"保护王妃是我的职责,我也来帮忙。"

西门珠也骑上马走到玥璃旁说:"我愿意追随玥璃,一起战斗。"

浩然也拿着剑说:"我也愿意追随。"

这下后面的士兵们也昂起斗志一起大声呐喊。

对面便是由云源带头加上云煦、香辞和香木兮的二十万大军。战争再次一触即发,云源看着玥璃说:"你是自己回来呢,还是我们把你抓回来呢?"

玥璃举起手说:"试试。"

乌云在天空下压着,血腥味弥散在死寂的尸体之上。

刚刚消散的哀鸣和剑影又在风中绽开,浓重的气息让人几乎窒息。

黎云国和沃朱国的终极之战,已是血流成河的劫难。

这劫也因一人而起!

玥璃拿起冰弓直接冲向前方,而云源举起掌心那纯粹的剑刃也冲向玥璃。两国人马瞬间扭曲交织在一起,血雾漫天飞舞,一片又一片用死人堆砌的废墟,随即成为破灭的灰烬。

而那还在挥舞着武器砍杀的残兵们,只有绝望的呼喊和希望的求救。在那战场的中心,玥璃与云源杀成瞬影,西门珠也拼着命和香木兮打成平手,但身上大大小小的伤痕显示着伤势很重。

玥璃紧急护住西门珠的心脉,浩然更不是云煦的对手被打成重伤。玥璃看着情况危急,便拿出生锈的璃王剑,趁云源不注意从背后刺向云源心脏。云源的后背被鲜血浸湿,倒在地上。

香木兮立即跑过去扶住云源说:"没事吧!还要继续吗?"

香辞也走过来说:"当然要继续了,人还没捉住呢?就这么放弃吗?"

香木兮瞪了一眼香辞说:"可是云源和云煦都受伤了,现在得回去疗伤。"

云煦虽然没有重伤但身上却有许许多多的小伤,努力地抬起头说:"我也同意,撤退吧。"

香辞虽然心有不甘但这样的形势却很不利,摆手说:"我们,撤退。"

玥璃弱小的身躯在红光之中站着,微笑着看云源他们走向远方,说:"走,回城。"

西门珠和浩然用敬佩的目光看向玥璃说:"为什么您刺中云源之后,他们就撤退了呢?"

玥璃的嘴角上扬,说:"擒贼先擒王。"

津泽在一旁站着,直到从城楼上传出声音时,消失在原地。

也不知过了多久,烟尘四起间,残留的烽火默默熄灭了。

宫里,西门钰舒大笑着说:"父皇,您也老了,我一直在消夜的饭里加佐料,现在应该要发挥作用了吧!"

西门霖表面上很慌乱,却又很安心地说:"二弟,放手吧!你这是大逆不道,御林军已在门外等父皇号令了。"

西门钰舒指着西门霖:"你倒是乖乖地来了,放心,今天你也离不开这座宫殿,至于那个女孩,她会是我的。"说完便有很多黑衣人来包围了西门霖。

但西门钰舒不知道的是暗卫早已经被西门霖换了,这些人其实都是西门霖的人。千钧一发之际皇上吐血了,西门钰舒拿起剑刺向皇上,而西门霖也用剑刺向西门钰舒,时间一刹那停了几分钟,直到有其他大臣来观看时看到的便是这么一幅景象。

西门霖一手抱着皇上,一手握着剑,剑上的血说明他杀过人,而他的脚下躺着西门钰舒的尸体,鲜血从西门钰舒的身下扩散开来,榻上的皇上已然没了气息,鲜血从胸口滴落在地上。

时间又暂停了几秒,突然,其中一个围观的大臣跪下来说:"现在的局势里里外外都紧张,我们就立西门霖皇子为新皇吧!"

其他大臣也纷纷附和道:"是啊!是啊!就这样立西门霖皇子为新皇吧!"

西门霖摇晃了几下身体站起来说:"我定不负众望。"

这时从城外来了加急密报,西门霖宣他上来,那个小兵跪在地上说:"城外打赢了。"

西门霖悄悄地露出笑容,但又装作没反应过来的样子说:"什么?"

那位小兵继续说:"将士们在玥璃小姐的带领下,打赢了。"

西门霖终于露出笑容说:"她可不是小姐,走,去城门迎接皇后。"

玥璃往回走到城门时,发现有一群人站在城门上,西门霖拿出真龙玉佩,除了玥璃之外的人全都跪下大声喊:"参见皇上,皇上万岁万岁万万岁。"

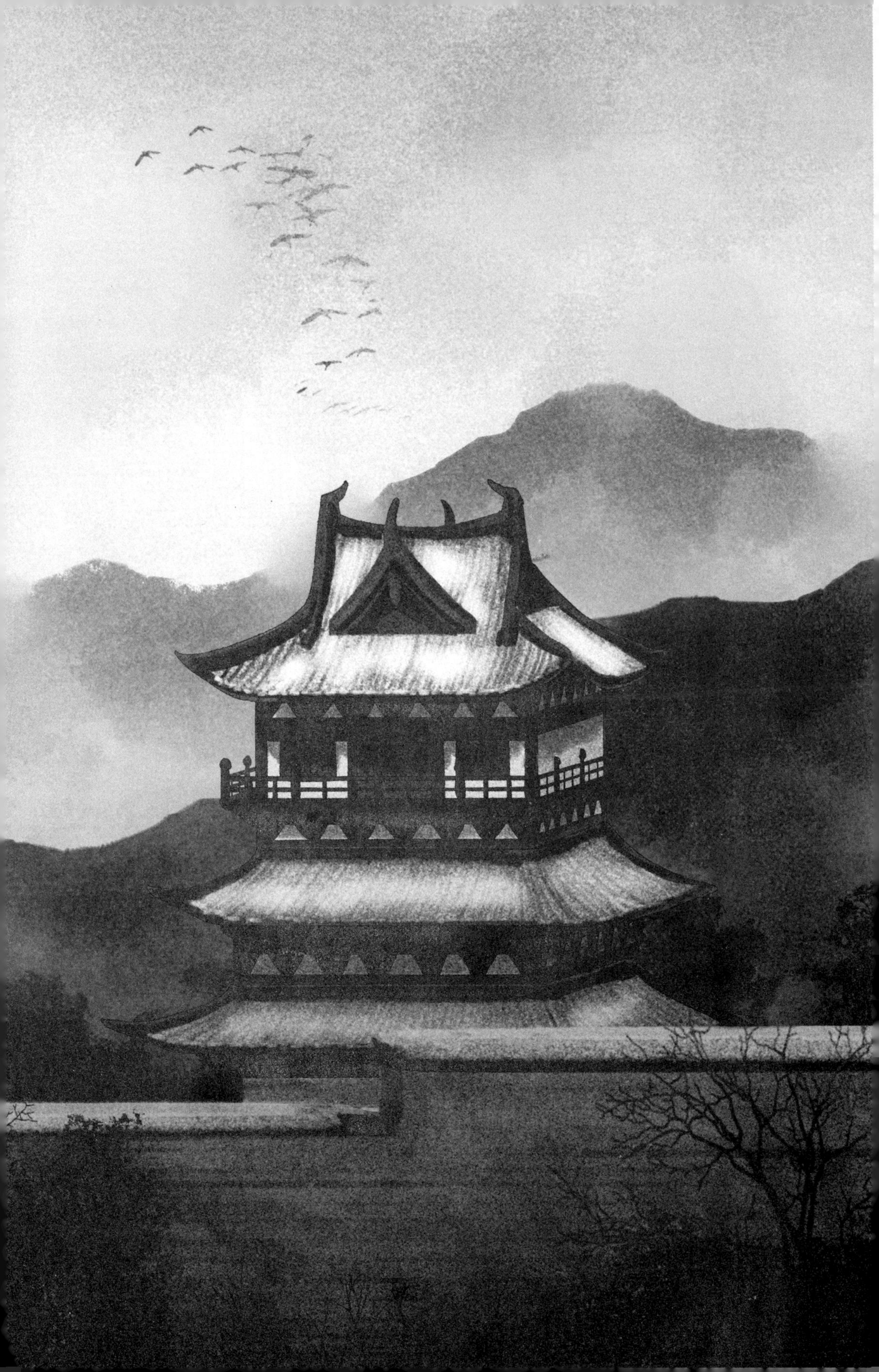

# 初到叶绮国

**1**

玥璃震惊在原地一时不知道该怎么办时，西门霖开口："玥璃不必多礼，快过来。"

其他人都纷纷站起来，西门霖又说："恭迎皇后回城。"

玥璃这才发现了众人的不对劲，问西门珠："皇后在哪里？"

西门珠笑了一声说："玥璃，我们的皇后就是你啊！"

这下玥璃不淡定了说："可我们两个还未……难道昨天的……"

玥璃的话被西门霖打断说："昨天，我们两个的订婚仪式已经完成了，今天发生了种种事情之后，我当上了新皇，而你自然就是我的皇后了。"

玥璃一时间无法反驳，过了好一会儿才说："我恐怕不能胜任这个皇后之位，恳请皇上另娶新后，放我离开。"

西门霖冷笑了一声说："走？放你走？这是不可能的，你注定就是我的皇后。"

玥璃睁大了眼睛说："能不能不是你说了算，在此别过，谢谢你这段时间照顾我。"说着卸下盔甲冲出战场往森林中央快速地跑去，城门上的西门霖淡定地说："浩然去把皇后请回来。"一挥手，浩然带头的高级灵者以上暗卫迅速出动，马上赶上了玥璃，把玥璃包围住。

我用尽了我所有的热情可还是我输了。

玥璃看到带头的人是浩然，便说："让开。"

这路遥马急的人间，不值得托付一切。

连人也一样！

浩然犹豫了一下又坚定地摇头说："皇后想要离开，就先从我身上踏过去。"

玥璃知道她从城门外逃走时，浩然便不再只忠于她，但也没想到这么强硬，另外两名暗卫把她按在地上，玥璃也没有挣扎的能力。只见浩然拿出不知什么药强灌给她说："这都是为了您好。"

玥璃没有说话，渐渐药效发作昏迷了过去，直到晚上醒过来发现自己躺在一个崭新的红房间，还中了软筋散浑身无力。

不一会儿，西门霖推门进来说："醒得比我想象中的要快很多！看来这次的大战给了你很多实战经验。"

玥璃异常艰难地开口："解药。"

西门霖走到床边温柔地抚摸着玥璃的头说："我得到你之时，便是我称王之时，所以我要你生生世世留在我身边，不能远离。"

玥璃想反驳却没有力气，西门霖继续说："我的皇后，就先委屈你在这里住几日吧！"

四名侍女拿来饭菜后只留一个。其他人走后，西门霖对那个侍女说："从此以后你就在这里照顾皇后的饮食起居，给皇后介绍一下你自己。"

那名侍女战战兢兢地跪在地上说："婢女依晗参见皇后，皇后千岁千岁千千岁。"

西门霖很满意依晗的做法，说："看好皇后，如果伺候不好皇后，后果很严重！"说着拿起碗和筷子小心翼翼地把饭喂给玥璃。

玥璃为了补充体力只好大口大口地吃饭，一顿饭结束，西门霖走之前还不忘提醒门外的两名暗卫说："看好她。"

西门霖走后玥璃开始拉拢依晗说："依晗，你可不可以扶我起来坐着？这样一直躺着太不舒服了。"

依晗立马把玥璃扶起来说："皇后，皇上为什么要把你关在这里？"

玥璃摇头刚要说话时西门珠推门而入说："嘻嘻，姐姐我来看你了。"顺便看了一下依晗继续说："姐姐，好好待在这里哦！别想着逃跑。这里也挺好的，不是吗？"

玥璃伤心了，说："这里是挺好的，可是这里不属于我啊！我迟早会离开这里的，我们不是朋友吗？你为什么要这么做？你为什么要帮你哥呢！"

西门珠大笑了一声说："其实我也很想和你做朋友呢！但是你以为那天我们两个真是偶然遇到的吗？我在等你落入陷阱罢了。"

玥璃睁大了眼睛，一滴滚烫的泪珠悄然落下。西门珠指着依晗："希望你别做出什么出格的事，毕竟这样的话你的下场会很惨。"说完便大步离开了房间，又只剩下她们两个了。

玥璃问依晗："皇上小时候有没有什么玩伴？"

依晗立马说："有啊！有很多。"

玥璃一下子激动了，说："女的？"

依晗想了又想说："兰家，哦，没有了，只有夏家千金夏菱和皇上小时候玩得很开心。"

玥璃这时已经做好打算，直到三天后依然虚弱地躺在床上，才发现自己的饭菜被下了慢速软筋散。结果抗拒吃午饭时西门霖摔门大步走过来捏住玥璃的下巴说："为什么不吃饭？"

玥璃看了一眼饭菜说："连饭菜都不放过下药，你卑鄙无耻。"

西门霖想都不用想就知道是西门珠的杰作，说："抱歉，我不知道，这次算是我的失误。你想要什么？我让你许一个愿望，当然放你是不可能的！"

玥璃故意想了一下说："这么闷，我想见一个人谈谈心。"

西门霖想了一下点头说："可以，谁？"

玥璃高兴地说："夏家千金夏菱。"

西门霖倒是没想起来有这么一号人物说："行，明天中午让你们两个见面，好好地待在这里，懂吗？"

依晗重新给玥璃拿来了饭菜，玥璃高兴之下多吃了半碗饭。其实经过这几天的照顾玥璃已经把依晗收下了，依晗会处处想着玥璃。

这天晚上依晗忍不住问玥璃："为什么要见夏家千金夏菱，其实您可以许别的愿望？"

玥璃笑着说："那你说皇上宠爱我吗？"

玥璃望向天空接着摇头说:"我并不想要那种生活,夏家千金从小知书达理,我相信她会是一个好皇后。"

依晗不敢相信地看着玥璃说:"您想干什么?"

玥璃看着依晗说:"我的计划也需要你的配合。"

关关难过关关过,步步难行步步行。

依晗用双手捂住嘴巴,玥璃继续说:"他们两个青梅竹马两小无猜,比我这个外人要甜蜜吧!明天夏菱来了之后你守在门口就好,记得他们两兄妹来之前通报给我,谢谢!"

依晗点点头,一晚上慌不择路,直到清晨走进玥璃的房间,焕然一新。玥璃一身淡黄色烟衫,透迤的白色宫缎素雪绢云形千水裙,梳着涵烟芙蓉髻,淡扫蛾眉薄粉敷面,加上皇上威严的龙袍,再配上两个人一起明艳不可方物,只是脚上的金锁链有些碍眼。

依晗淡定地走过来说:"参见皇上,皇上万岁万岁万万岁;皇后,千岁千岁千千岁。"

西门霖看着玥璃对依晗说:"皇后如果有什么问题立马来找我,你可明白?"

依晗吓得点点头,西门霖很满意依晗的态度:"照顾好皇后。"说完就走了。

依晗站起来看向玥璃,玥璃微笑着轻轻点头,依晗的目光不自觉地落在玥璃那只被金锁链锁住的脚上,目光坚定了起来。

巳时夏家千金夏菱带着她的婢女大摇大摆地走了进来,刚要跪下请安时玥璃制止说:"免礼,赐座。"

依晗为夏菱煮好茶放到桌子上之后便在门口守着了,这时心直口快的夏菱说话了:"皇后这是什么意思?"

醉过才知道酒浓,爱过才知道情重,玥璃深知他不能做自己故事里的主角。

世界上大多数事情努力都可以得到,但就是喜欢不能。

玥璃故意把那只被金锁锁住的脚抬起来放在显眼的地方,说:"我不适合这里,也不适合这位子,我想要自由,我说的你可明白?"

夏菱瞪大了眼睛,用双手捂住嘴巴站了起来。玥璃没等夏菱说话又开始说:"我要你帮我逃出宫,当然结果是这个皇后之位会是你的,怎么样?我给你半炷香时间考虑。"

夏菱的婢女拉住夏菱的袖子说:"小姐……"

玥璃其实根本没有时间让她考虑，便接着说："你不答应我还会找别人帮忙的，但那个时候皇后之位就会是别人的了。"

夏菱着急了说："我答应你，可我应该怎么做？"

玥璃的嘴角慢慢上扬说："配合我，明天晚上我会给皇上做顿饭，但这饭菜是被下了药的，然后你装成我的样子躺在这里，皇上肯定会发怒，着急匆匆地过来，到时候让你的婢女从皇上的龙袍上拔出钥匙解开我的锁，我立马离开，到时候皇后之位就是你的了。"

夏菱有些担忧地看向门外，玥璃继续说："放心，依晗是自己人，她也会配合你完成这次的计划。"

夏菱害羞地点点头，这时依晗从外面推门进来说："皇上马上就要来了。"

玥璃把金锁链藏起来，拿起一杯茶慢慢地喝了起来。不一会儿西门霖便急匆匆地赶来，夏菱立马跪下说："参见皇上，皇上万岁万岁万万岁。"

西门霖随意地说了一句："平身。"说完便坐到玥璃身边，一手揽住玥璃一手抚摸着玥璃的下巴。

玥璃顿觉紧张："皇上你怎么来了？我和夏菱挺合得来的，中午可以让她留在这里吗？"

西门霖仔细端详着玥璃和夏菱之间的关系似乎不那么友好，说："当然可以，皇后你想干什么都可以，但是除了那件事，你懂的。"

这时，玥璃又说："夏菱是夏家千金！"

西门霖没理解玥璃的话问："所以呢？"

玥璃又补充道："你们两个小时候一起玩过，是青梅竹马，真好啊！"

夏菱红着脸一直没有说话。西门霖倒是惊讶了一番，说："我不记得了，中午我也要留在这里吃饭。"

玥璃点点头，吩咐依晗多备点饭，不一会儿菜便上桌，有冰糖炖燕窝一品、肉丝酸菠菜一品、鲜虾米托一品、醋熘鸡腰一品、珐琅小菜四品。

西门霖吃饭完后说了一句："多陪陪皇后。"

之后便离开。

夏菱有些担忧地说："如果我们的计划被发现了怎么办？"

玥璃淡定地说："不会的，给我足够的时间，那么我便不会出现在你们面前，一定会躲得远远的。"

夏菱一直抿着嘴沉思。

## 2

钟声悠然传来，伴着朦胧的夜色，伴着清凉的夜风，似乎有淡淡的梨花香，玥璃轻轻地吸了一口气说："依晗，你去把银耳粥拿过来。"

依晗把一碗银耳粥端过来，玥璃在夏菱的眼皮下拿出一包自己研制的无色无味蒙汗药倒入后搅拌了几下，蒙汗药瞬间融入粥里，然后拿给依晗说："去把这个粥送给皇上，就说是感谢皇上让夏菱过来陪我。"

夏菱一下子急了说："这样皇上立马会发现根本不会喝一口的。"

玥璃摇头说："不会，他还是相信我的，不会让太监用银针验毒，我保证！"

随后玥璃便脱下华丽的衣服换上夜行衣，夏菱穿上玥璃的衣服急躁地躺在床上。依晗送完银耳粥回来说："玥璃小姐，皇上真的没验毒当场就端起碗喝了下去。"

玥璃在暗处微笑着说："你现在站在夏菱身边就好。"

依晗默默地点头，不一会儿西门霖真的大摇大摆地走过来了说："玥璃，你自己送的汤，你自己解决。"

一场属于黑夜的大战即将开始。当西门霖脱下外套时，依晗悄悄地溜出去。夏菱的婢女从西门霖的衣服上拿到钥匙后给玥璃打开锁，也一起和玥璃走出去，看见站在门外的依晗："感谢你这段时间的照顾，谢谢，保重。"说完便快速离去，身影融入月色之中。

玥璃宛如一道闪电向前奔去，但玥璃不知道的是她刚走出宫便已经被发现了。西门霖疑惑今天玥璃怎么这么温柔的时候，发现眼前人根本不是玥璃，他把夏菱重重地摔在地上，暴怒大声地喊："浩然，和我一起把玥璃捉回来。至于你们，回来再和你们好好算账，把这里围起来不许任何人出入。"

夏菱在心里祈祷玥璃跑得快一点儿，而玥璃确实也跑得很快，但是走到城门时已被发现了。洛语在大声喊："快跑，快跑，他们已经发现你不在了。"

玥璃尽力地向森林深处跑去，边跑边说："我这不是在跑吗？你少说点话行吗？要不是软筋散的药效还在体内，我肯定跑得更快。"

钧儒也说："快跑，他们快追上来了，如果这次被捉住肯定会很惨，很惨的。"

玥璃紧张了一下说:"你们两个想不想提前看结局?"

洛语好奇地问:"怎么看?"

玥璃抬头说:"往前看。"

只见玥璃停在原地。

西门霖单手靠在一棵大树上,钧儒说:"没事,只有一个人,我帮你把他甩了之后再跑。"

玥璃叹气说:"已经被包围了,你觉得我能跑得掉吗?再说我现在露了底牌的话下次逃跑更加的难啊!"

洛语和暄火默默地点头。西门霖身穿淡白色宫装,淡雅处多了几分出尘的气质,慢慢地向玥璃走来,玥璃快速向后退,却不想西门霖更快地捏住玥璃的下巴说:"你还想去哪里?"

玥璃尴尬地笑笑说:"没想去哪里,我就是出去散散步。"

西门霖更加用力,说:"是吗?我的好皇后,那现在散完步了吗?"

玥璃悄悄点头说:"那你觉得我是散完步了?还是没完?"

西门霖放开玥璃的下巴,干脆抱住玥璃说:"既然皇后说完了,那就肯定是完了,带皇后回宫。"

到后来的放弃,都就是我用眼泪换来的大彻大悟。

一路上西门霖没放下玥璃,一直抱着用轻功走着说:"玥璃,你知道明天是什么日子吗?"

玥璃想了又想说:"不知道,是什么日子?"

西门霖露出笑容说:"明天就是封你为后的日子。"

玥璃的身子一紧:"放开我,放开我。"

西门霖微笑说:"不可能了,你是我的。"

两个人就这样你一句我一句地来到宫门,看到站在宫门外的西门珠,玥璃突然感觉不妙。西门霖把玥璃放下来用单手握着,西门珠从后面拿出一个更加细小巧妙的金锁链呈上,西门霖接过金锁链,慢慢地跪在玥璃面前,把金锁链锁在玥璃的脚踝上说:"这副纯金脚锁是我专门让人为你量身打造的,很适合你。"

玥璃看了看自己脚上的金锁链,金锁链的另一端还被西门霖紧紧抓着说:"这样很不舒服。"

西门霖看了看玥璃说："不会的，这里面放了蚕丝，走，带你去一个地方。"

玥璃好奇地问："去哪里？"

西门霖牵着玥璃说："去了就知道了。"

玥璃只好默默点头，西门霖带着玥璃越往前走她越感到不安，西门霖又说了一句："心虚了，敢做不敢当了。"

玥璃没有说话，看向旁边走着的西门珠更加伤心，直到看到自己原来住的地方围满了士兵和暗卫，虽然惊讶但没说出来，暗暗祈祷她们会没事的，西门霖却停了下来说："你知道里面发生了什么吗？"

玥璃只好装作不知道的样子说："我怎么可能会知道。"

西门霖冷笑了一声说："那就进去看看那些罪犯吧。"

只见依晗、夏菱和她的婢女蓬头垢面地跪在地上，玥璃紧张地说："不关她们的事，这件事都是我一个人策划的，一人做事一人当，你放了她们好不好？"

西门霖指着依晗说："你这是求人的态度？她身为你的婢女，原本该看好你却帮你逃走，所幸你还在，所以死罪可逃但活罪难免，将她押入大牢，而这位夏菱小姐为同谋罪，打入大牢，即日处以死刑。"

玥璃惊呆了，立马跪下说："皇上开恩，她们被我忽悠了才会做出这些事，皇上把我押入大牢，放过她们吧！"

西门霖冷笑一声说："皇后你的罪自然难逃，明天晚上你的罪就开始执行了，至于她们……"

玥璃立马抢着说："依晗挺合我意，我就要依晗当我的婢女，夏菱她也是无辜的，只是被我利用了！"

西门霖大声说："那既然这样，就把依晗重打六十大板送入辛者库，至于夏菱和她的婢女就各打四十大板关在边境吧！"

玥璃睁大眼睛也终是没再说出一句话，直到西门霖拉着玥璃的链子走进养心殿锁上时玥璃才反应过来，说："你干吗？"

西门霖捏住玥璃下巴说："北方有佳人，也终是属于我，我就要这样天天将你带在身边，我才安心。"

西门霖又给玥璃打了一针，玥璃虽然生气但也无法反抗。药效又来了，她渐渐昏睡在床上，西门霖满意地离开了房间。

夜晚悄然降临，西门霖走到床边轻轻抚摸着玥璃的头说："快醒过来吧！"

玥璃慢慢睁开眼睛，西门霖就像看着布娃娃那般小心翼翼地喂着饭菜时，西门珠走了过来跪下说："参见皇上、皇后。"

西门霖满意地笑了笑说："皇后这是新来服侍你的西门珠，好好听话哦！今晚我就不在这里睡了，明天我来找你。"

星光黯淡，玥璃睡不着对西门珠说："为什么非得是我不可呢？"

西门珠也尴尬地笑了笑说："得紫眸少女者得天下，您就是那位紫眸少女，所以为了江山只能带您一起。"

玥璃换了个话题不高兴地嘟嘴说："你相信得一个女子能得天下吗？"

西门珠点头说："虽然我也不相信，但是您给我们家带来了好运，快睡吧！明天对您来说是很重要的一天呢！"

玥璃的泪水悄然落下说："如果我不是那紫眸少女，能回到当初吗？"

也许，我不是那紫眸少女的话，我们两个未曾见面呢！

是缘？是劫？

西门珠没有接下话。卯时，一大群侍女走进她们的房间，玥璃被吵醒了，西门霖也来了："链子不必去掉。"说完就走了。

玥璃还在迷茫中时西门珠跪下来说："请皇后更衣。"

玥璃只好无奈地点头，红色绯罗金刺六凤吉服，一色宫妆千叶攒金牡丹首饰，枝枝叶叶缠绕，捧出颈上一朵硕大赤金重瓣牡丹盘在项圈，整个人似黄金镀了淡淡一层光晕，中宫威仪，十分华贵夺目。玥璃抬脚慢慢走出房间看见西门霖，硬着头皮上前说："皇上万岁万岁万万岁。"

西门霖笑着拉起玥璃说："皇后免礼，吉时已到，去大殿吧！"

一路上凤冠霞帔，花妆红，紫箫声起，花瓣撒，鞭炮响，走到大殿，西门霖亲手为玥璃带上凤冠和皇后印章昭告天下说："玥璃温柔贤淑，国色天香，冰雪聪明封，今封为皇后，掌管后宫。"

之后玥璃便回到养心殿，等待西门霖的到来，房间也是一片火红，加上烛火倒是比以前更加有人情味儿了。傍晚降临，玥璃等不及了正想把盖头拿下来时，西门霖走了进来说："皇后还是这么不乖啊！"

玥璃没有接下话，西门霖比她抢先一步拿下盖头，玥璃急了说："皇上我一天没吃饭，好饿啊！先给我一点儿吃的呗！"

西门霖招手，西门珠拿来了一盘红豆糕点后退下，西门霖拿起一杯酒说：

"先喝合卺酒。"

玥璃急急忙忙拿起一杯酒对着西门霖喝下后拿起一块糕点吃下去，西门霖就这样看着玥璃吃完一块糕点把玥璃抱上床说："美好的夜晚才刚刚开始。"玥璃一夜难眠直到子时才睡着。

西门霖卯时起床上朝时玥璃又醒了一次，但西门霖悄悄地对西门珠说："让皇后多睡一会儿吧！"

西门珠点头说："拿下了吗？"

西门霖的嘴角上扬说："当然，我走了，一定要看好她！"

西门珠跪下说："知道，恭送皇上。"

玥璃再次醒来时已经巳时，西门珠见玥璃醒了便端上洗脸水，再加上长时间更衣，玥璃饿得前胸贴后背。西门珠也知道玥璃饿了便去御膳房看膳食备得怎么样。

不一会儿西门珠回到殿内，只见玥璃淡粉色华衣裹身，外披白色纱衣，裙幅熠熠如雪月光华流动倾泻于地，挽拖三尺有余，使得步态愈加雍容柔美。三千青丝用发带束起，头插蝴蝶钗，薄施粉黛，只增颜色，整个人好似随风纷飞的蝴蝶，又似清灵透彻的冰雪。西门珠把丝鹅粉汤、原汁羊骨头、蒜酪摆好又退下。

玥璃垂头坐在椅子上，慢慢吃着饭，突然从窗口闪过一道人影，玥璃急忙站起来，那人竟然跪在她面前，这才看见来的人是津泽。

玥璃仿佛看见了希望说："我还以为你被西门霖抓走了，没想到你平安无事。"

津泽愧疚地说："没想到西门霖的野心这么大，竟把王妃也算计进去。"

玥璃也懊恼地说："是我被骗了，是我错付了真心，你有没有方法逃离这里？"

津泽的眼中闪出一道精光说："我有办法，但我需要王妃的帮助。"

玥璃点头说："好，你说。"

津泽和玥璃商议一番过后，就决定今晚行动。

门口传来西门霖的声音，津泽立马从窗户跑掉，玥璃赶紧坐到椅子上吃着饭。西门霖满意地笑了笑说："皇后今天真听话，奖励一下皇后吧！当然脚链除外。"

玥璃装作高兴的样子说:"我想去外面逛一圈,闷死了。"

西门霖同意了,拉起玥璃的手逛着御花园,西门霖一边走一边说:"皇后,这是专门为你种的桃花。"

玥璃从树上折起一枝桃花说:"拿回坤宁宫吧!挺漂亮的。"

西门霖吩咐侍女:"将这枝桃花放到皇后的寝殿。"

玥璃走着走着记住了周围的环境便对西门霖说:"累了,回去吧!"

玥璃刚一踏进房间便感到一阵迷香,想立马调动灵力化解时西门霖倒在她脚下。玥璃叫了一声:"津泽。"

津泽立马出现:"快走,我阵法不好,是刚学的。"说完便带着玥璃快速离宫沿着密道往城门走,走到一半儿,听到村民大喊:"快跑,皇宫走水了。"

玥璃担心地往后看了一眼说:"要不……"

津泽也看出来她的担忧说:"王妃,你还想被困在皇宫吗?"

玥璃虽然犹豫了一下,但还是往前冲,直到走出城门一里时,看见城门上站着的西门霖拿着刀抵在西门珠脖子上说:"再跑一步,我就把西门珠杀了。"

玥璃不敢相信地瞪大眼睛说:"她可是你的亲妹妹啊?你忍心吗?"

西门霖冷笑一声:"为了得到你我什么都可以放弃。"

高阶暗卫从四面八方直逼玥璃,西门霖又说:"你往城门上看,左边是夏家千金的尸体,右边是依晗的,而这一切都是因为你。"

玥璃这下再也走不动了,呆呆地望着城门,西门珠突然大喊:"别管我,快走,是我先对不起你,真的很高兴遇见你,希望下辈子我们可以成为朋友,真正的好朋友。我其实不是西门霖的亲妹妹,只是个见不得光的暗卫罢了,虽然我确实长在西门府。"

一滴晶莹的泪珠从玥璃那深邃的眼眸中流了下来,西门霖拍手道:"真是感人啊!只不过就算你今天被杀了,我也会带着你尸体回去。"

失去比得不到更可怕!

玥璃大声喊道:"人永远看不破尘俗,且不能远离尘世间的一切事情,开战吧!"

玥璃突然想起自己成年大典的样子,是那样的无助,梦洛站在对面拿着刀砍向自己……

玥璃拿出冰弓气势不输给对面暗卫,千钧一发之际,一个浑厚的声音从上面传来:"我的人你也敢动。"

玥璃不知道云沐霜是以什么身份来救人的,所以紧张地看着西门霖的举动,毕竟西门珠的命掌握在他的手里。西门霖突然大笑着说:"哈哈哈哈,玥璃,没想到你竟然有这么厉害的帮手,罗刹竟然也会拜倒在你的石榴裙下。"

西门珠泪流满面,说:"哥哥,你真是被权力蒙蔽了双眼。"

玥璃也附和道:"她可是你的妹妹。"

西门霖顿了一下拿出匕首毫不犹豫地插向西门珠的心脏,又快速拔出匕首,鲜血喷涌而出染红了城墙。西门珠举起右手最后说了一句:"那次的相遇,你天真善良,是我对不起你。"随后被从城墙上扔了下去。

## 3

玥璃想去接住西门珠的尸体却被津泽拦住,更是被云沐霜拦腰抱起,飞速走进森林深处。玥璃把头转向外边,只见远处隐隐约约耸立的宫殿,虽然猜测到了什么但还是默默地把头转向云沐霜的胸膛,津泽对玥璃的动作很满意,却不料云沐霜的声音在她的头顶传来:"这是我住的地方,你可以看着我们怎么进去。"

玥璃把头仰起嘟着嘴说:"就算我看了也不可能进去对吧!毕竟现在我的灵力不足。"

云沐霜显然被她的这句话笑到了说:"你当然可以进来,这里的大门随时为你敞开。"

玥璃惊讶道:"你为什么对我这么好?只因为你认识我母亲吗?"

云沐霜没想到她会这么问:"你以后会知道的。"

玥璃反问道:"就因为我是那紫眸少女吗?"

云沐霜没有回答她的问题。宫殿近在咫尺,进入宫殿,宫殿正红朱漆大门顶端悬着黑色金丝楠木匾额,上面龙飞凤舞地题着三个大字:"罗刹宫"。

"不是。"云沐霜突然的一句话惊到了玥璃。

大殿里面真可谓雕梁画栋,金碧辉煌,殿内四角高高翘起,水晶珠帘逶迤倾斜,接着云沐霜推开珊瑚长窗,窗外有一座后园,遍种奇花异草,十分鲜艳好看。玥璃感叹一声后说:"那些回忆已成过往,但谁还能站在局外若无其事呢？"

云沐霜抱住玥璃说："玥璃，只有强者才有说话的权利，你明白吗？"

玥璃点头，又摇头退后好几步，指着云沐霜说："你不应该遇见我，更不该与我相识，我才是那一切罪恶的源头。"

云沐霜立刻抓住玥璃的手，吻住玥璃柔软的嘴唇，好一会儿才说："不，你不是，你出生时红光照耀天际，这是祥瑞，你目前需要冷静一下，就在这里待着，好好想一想吧！"

云沐霜抱起玥璃，就往一个崭新的房间走去，他把玥璃轻轻地放在床上说："我不打扰你，你想在这里住多久都可以。"说完便关上门消失不见了。

玥璃苦恼着，在床上翻来覆去睡不着时，听到敲门声，玥璃赶紧端坐在床上说："请进。"

进来的人是津泽，捧着一堆饭菜放到桌子上说："主子说您觉得饭菜不好吃的话可以换，也可以随时离开这里。"

然后又在桌子上放了一个精致的令牌说："这是可以号令罗刹阁的人的令牌，主子说让你务必收下。"

玥璃把令牌扔给津泽说："我不需要这么贵重的东西，你们主子他人呢？"

津泽恭敬地回答："主子在处理公务，主子说如果你想去看就去书房。"

玥璃应了一声说："没有，我就是好奇！"

津泽说完后退下，玥璃先用银针检查饭菜后才小心翼翼地吃下饭菜，想与暄火联系一下却发现有一股力量在阻挡着，便盘腿而坐，在床上修炼起来。不一会儿，她拿出一瓶洗髓水喝下，让自己的灵根更加牢固，之后又拿出自己炼制好的治愈丹吞下。玥璃感觉马上要突破三阶高级灵者时，体内的那股灵力又消失不见了，玥璃只好暂时放弃修炼去找暄火他们说话。

玥璃一本正经地对暄火说："我想游历四国，我想变强。"

钧儒同意她的说法说："好，我们陪你一起。"

洛语附和着说："毕竟只有强者才可以有自己的势力。"

玥璃点头说："我首先要变强，然后创建自己的势力，在这无家可归的大陆上占有一席之地。"

洛语突然说："那你可要远离那个叫云沐霜的男人，他的实力可不止帝师，也不知道他究竟有什么目的……"

玥璃扯了扯嘴角说:"……我现在就在云沐霜的宫殿中,正确来说是罗刹宫。"

钧儒惊讶地说:"你现在在他家,天啊,天啊!"

玥璃倒是很淡定地从柜子上拿出纸笔,熟练的在纸上写了一些留言,之后对洛语他们说:"准备好出发了吗?"

洛语他们纷纷点头,玥璃启动阵法,消失在房间内。第二天一早,玥璃穿过森林走向叶绮国,另一边当玥璃走的那一刻云沐霜已经发现了,津泽看到玥璃留的信封却是在第二天一早,然后就把信封急匆匆地拿给云沐霜说:"主子,王妃走前留了一封信。"

津泽恭敬地把信递给云沐霜说:"真没想到她还给主子留了封信。"

云沐霜很神奇地接下津泽的话:"她本来就是与众不同的。"说着打开信封,里面这样写道:谢谢你的恩情,恕我不能回报,但是我会变强再来报恩,有缘再见。云沐霜把信纸小心翼翼地保存起来,对津泽说,"你去暗中保护她,这次不要被发现了。"津泽点头,消失在房间内。

玥璃身穿淡蓝色的纱衣,简单又不失淡雅,和变成普通小鸟的洛语漫步在森林。森林中万籁俱寂,玥璃一边欣赏风景一边和洛语交谈:"洛语,这次的历程必定十分艰辛,幸亏你们陪伴。"

洛语反驳道:"是主人收留了我们,是主人让我们有了家。"

玥璃抬头说:"谢谢你们。"

走了一天的路,夜晚逐渐降临,玥璃收集柴禾的时候,发现了一处温泉,这时洛语说:"赶紧泡一泡,缓解压力。"

玥璃也赞同地脱下外套走入温泉,突然听到有脚步声传来,钧儒立马警惕起来说:"会不会是他们派来的人?"

玥璃瞪了钧儒一眼说:"就不能盼一点儿好的吗?"

这时钧儒倒是认真地想了一下说:"也许还能成为朋友呢?"

玥璃屏住气息、整装待发之际,一个身穿青色石榴裙、外着青色纱衣、肩披黄色丝绸做成的披风,身后长着似透似明的淡蓝色翅膀,犹如天仙的女孩重重地落入温泉中,一开始谁也没叫,直到那名女孩收起翅膀才看到玥璃大声地喊:"啊……"

玥璃非常紧张地捂住那个女孩的嘴并说明自己的来路:"抱歉,是小生唐突了，我叫玥璃，是个孤儿，沦落此地想泡个温泉，却不承想惊扰了仙女。"说着松开了手。

那个女孩也摆手脸红红地说："缘来缘去终会散，不如到我叶绮国转转。"

此刻玥璃才想起自己还是男装的模样，慢慢退到岸上背对着那个女孩说："好，花开花落总归尘。"

玥璃换好衣服转身时，那个女孩已经换好衣服，眨着眼睛笑了笑说："我叫子衿，是叶绮国的人。"

玥璃实在受不了子衿的目光，便问："你还有什么事吗？"

子衿高兴地眨巴眨巴眼睛说："今天母亲说我会遇到一个特殊的人，我找了一天连个人影都没有，然而我现在却在这里遇到了你，这就说明你就是我的那个命定之人。"

钧儒这时大喊不妙："又是陷阱吗？"

玥璃看到子衿口渴得舔着嘴唇，便立马递过一杯水，子衿一下子喝完了问玥璃："你就没有想说的吗？"

玥璃点头说："有，就是现在我不想去叶绮国了，怎么办？"

这下子衿也苦恼了说："不行，不行，你必须跟我去见我的母亲，然后才可以走。"

玥璃这下知道了，子衿虽然调皮，但她很听她母亲的话，便说："如果我执意要走呢？你拦得住我吗？"

子衿想了好一会儿说："如果你要走的话，早走了，现在等在这里等着过年啊！"

玥璃笑了笑，抬起左手，摸了摸子衿的头说："我没打算走，我和你一起去叶绮国看看。"

子衿拍手，一位身穿素白长棉衣，用深棕色的丝线绣出一朵朵怒放的梅花，从裙摆一直延伸到腰际，一根紫色的宽腰带勒紧细腰，身段窈窕的女人，跪在子衿面前，子衿热情地介绍："她是我的丫鬟。"

玥璃点点头再次介绍自己说："我叫玥璃。"

那个丫鬟站起来注视着玥璃，毫无感情地说："我叫喧清。"

玥璃大概也摸清了她的底细说："这段时间，就请多多指教了。"

子衿拉起玥璃的手，直直地盯着洛语说："这是你养的宠物吗？真的很不错！"

　　玥璃心想不妙，却又淡定地说："这是我的契约兽。"

　　子衿似懂非懂地点了点头说："好吧！"

　　玥璃微微抬头望着天空说："叶绮国要往那边走呢？叶绮国繁华不繁华，人多不多？"

　　子衿的话匣子一下子被打开了似的，一路上都在介绍自己的国家的好，殊不知玥璃早已摸清了她们的底细，但还是仔细地听着子衿的话，毕竟资料不是完整的，只有现状才是最正确的。

　　玥璃高兴地反问："你们国家为什么都要找男人来当苦力呢？"

　　子衿萌萌地回答道："因为女尊男卑。"

　　玥璃无话可说了，子衿便说道："不过像你这样漂亮的男子，还是有一定的权力的。"

　　玥璃闭上眼睛说："哈哈，那我幸亏还长得不错，能入得了你的眼。"

　　子衿这下满意地点头说："那当然，本公主我的眼光很高的。"

　　喧清立马捂住子衿的嘴，看向玥璃。玥璃却装作惊讶的样子，小跳了一下说："你是公主？子衿公主？"

　　子衿不好意思地挠了挠头说："是啊！我就是大名鼎鼎的子衿公主"

　　玥璃这下点点头，突然想到什么似的跪下："小生参见公主殿下。"

## 4

　　子衿听到这话不高兴了，嘟嘟嘴小声地说："我就知道，这样暴露身份的话你也会远离我的。"

　　喧清低头并没有说什么，玥璃却看着喧清的表情，大大咧咧地说一声："那我可以继续叫你子衿吗？"

　　这下喧清和子衿突然不知所措起来，不过一个公主必然有她的礼仪，淡定了一下红着脸说道："可以，但是在一些人多的地方不能这么叫我，比如说，在我母亲面前就不能这么叫我。"

　　玥璃笑着点头回答："遵命，子衿公主殿下。"

　　子衿用手拍了一下玥璃的肩膀说："敢取笑我，真是胆大了啊！"

玥璃和子衿一路上说说笑笑的，来到叶绮国边境时却被拦下来了，一个小兵指着玥璃大声地说："什么人？竟敢偷偷地跟着公主，拿下。"

玥璃并没有为自己辩解，想看这位公主的反应，果然没让她失望，子衿指着那个小兵说："你想干什么？他可是我带进来的客人，你怎么可以这么无礼！见到本公主还不快跪下！"

那个小兵蒙蒙地跪下来了一句："参加公主殿下。"

子衿扑哧笑了一声对那个小兵说："我们可以走了！"

小兵恭敬地再次跪下说："恭送公主殿下！公主殿下慢走。"

玥璃躲过边境的检查，坐上马车时，子衿公主不好意思地挠了挠头说："我忘了把你的消息飞鸽传书到母后那里，不过我刚刚已经报告给母后了，之后不会有这样的事情了，我保证。"

玥璃随即点头："真期待啊！叶绮国。"

这时喧清漫不经心地来了一句："子衿公主是所有公主里面最嚣张，最没有实力的那一个。"

玥璃忍不住笑了起来，喧清的眉毛也往上翘了几分，子衿公主却在那里气得直跺脚，不一会儿马车便停了下来。

玥璃下车直入眼帘的是一个大大的古城门，城门下牵着雪白悍马的人，就像落入凡尘的一位公子，看到子衿公主，便快步走到子衿公主面前跪下说："参见公主殿下和尊贵的客人，女王殿下派我来接应各位，公主请先走，我带着这位尊贵的客人到偏殿洗漱后，再去正殿拜见女王殿下！"

子衿点头小声地说："母后竟然派你来接应玥璃,真是很看重这个客人啊！"

子衿只见他直直地盯着玥璃，便伸手指着玥璃说："这一路上我只遇见了他，相信他就是那个母后要找的人。"

玥璃朝着那名男子点点头，子衿公主又指着那个男子对玥璃说："他是母后现最喜欢的男仆，叫清汛。"

清汛露出一个标准的笑容问："玥璃公子，您是自己想要来我们叶绮国的吗？"

玥璃回笑无所谓道："我反正无家可归，既然子衿公主热情邀请，那我就却之不恭地跟着来了。"

清汛想要确定这件事,盯着玥璃看了好久，而玥璃就站在那里让清汛看着，过了会儿，清汛说："公子请随我到偏殿沐浴。"

玥璃对子衿公主挥手大声说："子衿公主待会儿见！"

子衿公主回头也挥手刚想说话时被喧清制止，什么也没说。清汛站在玥璃面前问："你究竟有什么魔力？竟然和子衿公主相识并且这么要好，不过你恐怕不知道她是所有公主中最差的，讨好我都比讨好她有用。"

玥璃不解地反问道："为什么？子衿公主那么好，你不许说她不好。而且为什么要讨好子衿公主和你，小生在不知道子衿是个公主之前还想和她做个朋友来着！"

清汛这下清楚地知道了玥璃就是个无害的，便感叹道："没想到一个小白兔落入了一个狼窝啊！皇宫可是一个吃人不吐骨头的地方。"

玥璃故意没听到他说什么似的望着他，清汛摸了摸玥璃的头说："以后要是遇到什么困难你可以来找我，我当你的靠山。"

玥璃重重地点了几下头说："我有靠山了？真的吗？谢谢。"

清汛宠溺地看着玥璃回答道："是，遇到麻烦你可以来找我。"

清汛把玥璃带到自己居住的清渊殿，递给玥璃一套新衣服之后站在门外说："我守在门口，你快点沐浴吧！"

玥璃连忙道谢："谢谢你，你真是一个好人。"

悄悄地给你颁发一个好人证。

玥璃闭眼泡在木桶中享受时，洛语慢慢地来了一句："享受得好不好？你怕不是将我忘了吧！"

空间中的钧儒笑了一声说："谁让你出去当一只普通的小鸟的。"

玥璃同意钧儒的话说："对啊！这段时间麻烦你要当一只普通的鸟了，毕竟我感觉到这里有一股非比寻常的力量，你可绝对不能暴露。"

洛语刚想说小心一点儿时，玥璃穿上新衣服说："门外还有一个有趣的人在等我。"

钧儒小声地说："明明是一个狡猾的狐狸，却要当一个懵懵懂懂的小白兔。"

玥璃没有接下钧儒的话，慢慢推开房门，没想到清汛真的站在外面等着她。玥璃便不好意思地挠了挠头："对不起，等我很久了吧！"

清汛看到玥璃的那一霎真的是被惊艳到了，玥璃身穿淡蓝色素衣，外披白色纱衣，露出线条优美的锁骨，三千青丝散开，薄施粉黛只增颜色。清汛不经意间说："骨相真好。"

玥璃的脸悄悄染上一抹红晕迟迟没有说话，清汛估摸了一下时辰说："玥璃快走吧！女王殿下为你举办了接风宴。"

玥璃和后面跟着的清汛一起不紧不慢地走进南莲殿，所有人的目光齐刷刷地看向门口，玥璃不慌不乱地走到中央跪下说："参见女王殿下，殿下万岁万岁万万岁。"

玥璃好奇地看着清汛为什么不跪下时女王殿下开口了："哈哈，真是个有趣的人，我们叶绮国没有那么多的规矩，起来吧！"

玥璃点点头正要开口时，站在旁边的清汛说道："您就别逗他了，经不起。"

清汛的一句话让女王殿下重新认识了玥璃说："看看，让我们清汛也说了话，真是个有趣的人，赐座吧！"

职位越高的人坐的也越高，玥璃没想到自己被安排在长公主的对面，清汛则是坐在女王殿下的旁边。玥璃刚入座，女王殿下就开始介绍："长公主叶子衿，二公主叶韵月，三公主叶梦安，四公主叶星舒，五公主叶紫茉，小公主叶伊墨，旁边的是喧氏大小姐喧清。"

玥璃点头握住酒杯站起来："小生见过女王和各位公主、小姐，先干为敬了。"说着爽快地喝下一杯酒。

二公主叶韵月看着玥璃说："真是一个爽快人，我喜欢。"

三公主叶梦安也附和道："这样着实无聊，不如让小妹为大家表演助兴吧！听说小妹的舞技越发的好了，而且小妹的舞蹈大家都有目共睹。"

女王殿下点头："就听梦安的吧！伊墨你先准备一下。"

小公主叶伊墨脸色并不怎么好地站起来行礼说："遵命。"

二公主又看向玥璃直直地说："紫茉妹妹的刀法最近又变好了，哪天跟我比试一下，我很感兴趣呢？"

笛子吹起，小鼓敲起，伊墨开始舞蹈了。她用她的长眉、手指、腰肢；用她鬓上的花朵、腰间的褶裙；用她细碎的舞步，繁响的铃声，轻云般慢移，旋风般急转，整个人犹如隔雾之花，朦胧缥缈。玥璃看着她们这一下那一下地聊着，然而一句话都没插上的子衿见怪不怪地坐在那里吃饱之后，站起来行礼说："小女身体不适，想先行歇息，这便告退了。"

女王点头，子衿公主快步走到门口时三公主冷冷地来了一句："大姐，保重身体啊！毕竟你的身体最近很不好呢！"

子衿顿了一下，却装作没听到这句话一般走出去。玥璃也很想跟着出去，可是不行。清汛也注意到了玥璃的目光，对女王撒娇地说："很晚了，夜还很漫长呢！"

女王捏住清汛的下巴说："她对你的影响挺大，敢护着她了？"

清汛立马摇头："没有，对不起，是我太着急了！"

女王见宴会变得无聊起来便说："结束吧！玥璃公子请跟我来一下。"

叶韵月冷哼了一声后大摇大摆地走出去，玥璃一直往门口看，没发觉女王殿下已经走远了，直到清汛出声提醒："玥璃公子该走了。"

玥璃这才反应过来，小跑到女王殿下身边说："抱歉，分神了。"

女王殿下瞥了一眼玥璃说："怎么？看上我的二女儿了。"

玥璃微微摇头，仰首待望，那一眼秋波，如月眉睫，轻轻抿嘴，唇弧似弯不弯，淡然道："没有的事。"

玥璃跟随女王殿下来到一个古色古香的小殿，殿正中央放着一个透明的水晶球，清汛关上门守在了门外。女王殿下温柔地说："你是女的？"

玥璃虽惊讶了一下，但也没多大表现出来，直接承认："是。"

女王殿下："那你倒是诚实，为什么要女扮男装？"

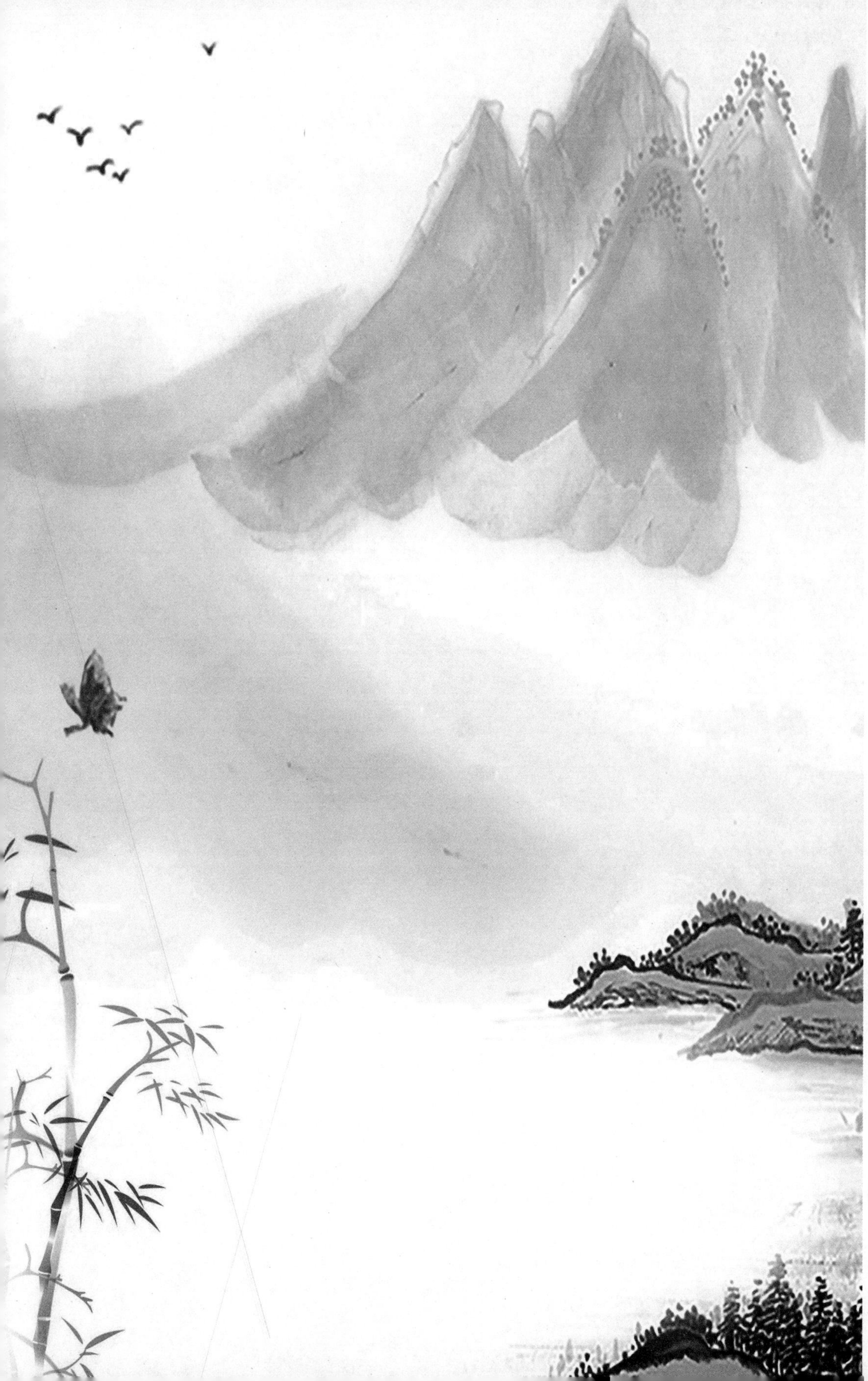

# 叶绮国的内战

**1**

玥璃耸了耸肩说:"冯香国的太子在追杀我,我只好女扮男装逃过他们的法眼,不过遇见子衿公主是纯属巧合。"

女王殿下摇摇头:"不,这绝对不是巧合,我有预感那个人一定是你。"

"那个人究竟是什么人啊?"玥璃好奇道。

女王殿下沉默了好一会儿说:"你看到那个水晶球了吗?把手放上去运用灵力试试。"

玥璃几大步移到水晶球前面,抬起右手轻轻地放在水晶球上,一道红光划破天际,照耀着叶绮国。

这时,女王殿下走到台阶下脱掉外套。玥璃默默地把手收回去,回头只见女王殿下跪在台阶下,玥璃急忙问:"女王殿下,您这是在干什么?"

女王殿下坚定地说:"你就是她的女儿,是我们的救命恩人。"

玥璃见女王殿下不起来,便把女王殿下扶起来说:"您先起来说话,您是认识我父亲,还是母亲?"

这时洛语对玥璃说:"把我放出来吧!"

玥璃轻轻抚摸玉佩,洛语立马出现在女王殿下面前。女王殿下看到洛语更加确定地说:"是你母亲,当初你母亲云游叶绮国时见到因被黎云国追杀而

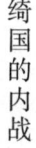

身受重伤的我，帮助我重振了叶绮国，也是我叶绮国的恩人。"

玥璃点点头："这后半句话怎么解释？"

女王殿下："冯香国和黎云国联手来攻打我叶绮国时，你母亲率领一千小兵，以一小队之力的优势打破敌方的军队赢下了这次的战役。不过从那一场战争之后，我就再也没有见过她了。"

玥璃终于了解到关于母亲的消息说："那您知道我母亲去了哪里吗？"

女王殿下摇头："我第一次看见你时也把你当成了她，真的好像。"

玥璃的目光再次坚定了一下说："我第一次听到关于我母亲的事。"

女王殿下抱住玥璃说："苦了你了，孩子！如果可以的话，我愿意当你的亲人。"

玥璃犹豫了一下，回抱住女王殿下说："谢谢，叶姨。"

女王殿下深情地望着玥璃："孩子你受苦了。"说着一连串晶莹的泪珠滴落在玥璃的肩上。玥璃感觉到滚烫的泪滴，立马说："别哭，叶姨那您知道关于我父亲的事吗？"

女王殿下眼泪一下子收了回去，放开玥璃严肃起来说："你父亲是一个很强大的人，我也只听说过他的传闻，毕竟他是那里的人。"

玥璃追着问："那里，究竟是哪里？叶姨你快告诉我啊？"

女王殿下欲言又止："我不能说，我对你的父亲发了毒誓。"

玥璃低下头，女王殿下还是不忍心地说："你父亲过于强大，而你父亲的仇人也过于强大，所以你父亲才会阻止你去复仇，或者不让你暴露身份啊！再说你现在还太弱，等你足够强大我便把一切都告诉你。"

玥璃握紧拳头说："我会的，我会努力成为强者的。"

"今天很晚了，去璃凰阁住吧！那里是当年你母亲亲自为你选的地方，相信你已经记住了地形，不必让人领路吧！"

玥璃点头，走出门便看到很多人都围着跪在这殿前，不由得惊讶问跪在最前面的清汛："这是在干吗？"

清汛尊敬地回答道："这是大家在膜拜您。"

女王殿下从后面走出来温柔地说："因为刚才的红光，因为她们是你的子民。"

"女王殿下！"玥璃皱眉道。

女王殿下看着哭笑不得的玥璃说:"好,好!我先替你管理着,大家起身吧!"

玥璃看着所有人都起身后对女王殿下挥了挥手:"殿下,我明天再来拜访您。"说着就跑走了。没想到的是,自己竟然在这庞大的皇宫里迷路了,洛语嘲笑道:"你就不该先走,迷路了吧!"

玥璃努力回想着早上的路线,但毕竟是晚上,路线确实不好找,就这样慢慢走进一个种满无忧树的院子,树下站着一人,身穿深紫色宫装,裙幅熠熠如雪。月华流动倾泻于地,乌黑的长发,随风摆动,带动了淡紫色发带,玥璃一眼就认出了那个男人:"云沐霜。"

"你话往时,我画往事,我来找你了。"云沐霜说着嘴角露出一丝微笑,带着几分纵容的味道,很淡很浅。

玥璃这次直接问云沐霜:"你说叶姨说的是真的吗?"

"是真的,你母亲确实和她是好朋友。"他的声音从后背慢慢包围过来,耳畔传来他的声音,有点儿低哑的,却带着说不出的魅惑。

玥璃地再一次相信了云沐霜,云沐霜轻轻地问:"当这里的女皇不是挺好的吗?你为什么要拒绝呢?"

玥璃风铃般地声音,轻声细语地说:"不,这里不适合我,我需要变强,找寻自己的身世才行。"

云沐霜宠溺地看着玥璃说:"你说得没错,这里确实不适合你,你属于更大的地方。"

玥璃有些惊慌地点头,云沐霜用双手从后面捂住玥璃的眼睛说:"总有一天你会得到你想要的。"

"我相信那一天很快会到来的。"

云沐霜抱起玥璃,一瞬间就到了璃凰阁说:"下次记得带个婢女,你的那两只宠物不管用。"

玥璃看着云沐霜,云沐霜继续说:"要是你不满意那两只幼宠,我帮你抓一只强大的宠物吧!"

"不,不要,我和我的宠物很合得来。"玥璃摇头说道。

云沐霜点头:"你们两个既然相认了,那么明天你就去那圣地泡一泡药灵湖吧!原本想带你偷偷进去的,这药灵湖对你的身体很有帮助。"

其实，我和你是订过娃娃亲的！奈何你现在太脆弱，我不敢把你直接亮相在众人面前。

玥璃满身疲惫地躺在床上，夜空中还藏着一个美丽皎洁的月亮。

懒洋洋的阳光从窗外透了进来，空气中弥漫着青草的气息，门外传来婢女们轻缓的脚步声，天亮了。

玥璃穿上里衣站在窗前观望四周时，一位婢长女带着好几位婢女走过来行礼说："尊贵的客人，这是女王殿下给您准备的衣服，请让我们为您洗漱吧！"

"不用了，我自己来吧！你们把水放在这里出去等就行。"玥璃指挥着说道。

那位婢长女把衣服放到一旁的柜子上，就和其他婢女一起乖乖地退出去了。

玥璃一身浅色罗裙镶银丝边，水芙色纱带曼佻腰际，一件紫罗兰色彩绘芙蓉拖尾对襟收腰袖的长裙。伸手点了点鼻子，慢慢推开门走出去，发现一院子的婢女朝自己看呆了的景象。玥璃轻咳一声，婢长女最先反应过来，跪下行礼说："婢长女杜兰茹，参见尊贵的客人。"

其他人也跟着杜兰茹行礼，玥璃扶起杜兰茹后说："免礼，赶紧起来吧。"

杜兰茹立马说："这于礼不合，再说您可不仅仅是我们最尊贵的客人。"

玥璃紧张地点了点头问："女王殿下现在在何处？我有点儿事要说明一下。"

杜兰茹打开一把遮阳伞回答道："女王殿下现在在大殿，随我们一起走吧！"

玥璃紧巴巴地跟着杜兰茹，走进昨天的大厅，房间当中放着一张花梨大理石大案，案上堆叠着各种名人法帖，并数十方宝砚，各色笔筒，笔海内插的笔如树林一般。

那一边设着斗大的一个汝窑花囊，插着满满的一囊水晶球般的白菊。西墙上当中挂着一幅《琼梦图》，左右挂着一副对联，乃是颜鲁公墨迹，其词云：烟霞闲骨格，泉石野生涯。案上设着大鼎，左边紫檀架上放着一个大官窑的大盘，盘内盛着数十个娇黄玲珑大佛手，右边洋漆架上悬着一个白玉比目磬，旁边挂着小锤。

卧榻是悬着葱绿双绣花卉草虫纱帐的拔步床。给人的感觉是总体宽大、细处密集，充满着一股潇洒风雅的书卷气。而女王殿下正坐在大殿正中央和几名穿着不凡的人聊着天。

玥璃慢慢地行了个礼，磕磕绊绊地说："女王殿下，愧谢清汛没有提前告知我您还在接待贵客，我这就退下，保证一个字都没听到。"

突然扑哧一声，打乱了玥璃往门口走的脚步，往回看去那女孩身穿轻纱般的白衣，脸上薄施脂粉，眉梢眼角，皆是春意，一双水汪汪的大眼睛便如要滴出水来，似笑非笑，而她的说话声极甜，令人听来，有说不出的舒适感。

玥璃正疑惑地看着她时，女王殿下开口说："没事，我也只是暂时帮你打理政务呢！玥璃你这么急匆匆地来找我是有什么事吗？"

玥璃吐了吐舌头说："我想去禁地，药灵湖修炼一下自己的根骨。"

女王殿下露出微笑说："傻孩子，这个国家都是你的了，你还有什么地方不能去呢！清汛，去送一下玥璃到禁地去。"

玥璃害羞地低下头："女王殿下，下次你再这样我可就跑路了哦！告辞。"

玥璃走后大殿内传出一阵阵嬉笑声，玥璃快把头埋到地下时，前面带路的清汛说："真可爱呢！"

后面走着的杜兰茹也应和道："真的很讨人喜欢呢！"

玥璃瞪了一下他们两个，昂首挺胸的大步向前走去，清汛立马追上玥璃问："尊贵的客人，你知道禁地往哪边走吗？好像要跑偏了。"

玥璃立即刹车，却撞上清汛的后背，她摸摸自己的额头小声地说："不知道唉！"

杜兰茹和清汛一起大声笑着，玥璃嘟着嘴反驳道："有这么好笑吗？"

## 2

清汛最先平复下来："尊贵的客人，禁地要往那边走呢！"指着刚才错过的小路说道。

玥璃这次倒是老老实实地跟着清汛往前走去，池中一朵朵婀娜多姿的荷花随风摇曳，散发着醉人的芳香。有的含苞待放，有的已经盛开了，展现着它们的风姿。那些碧玉托盘似的荷叶上面滚动着比珍珠还要透亮的水珠，它们把荷花衬托得更加有魅力。

清汛突然在前面停了下来说："尊贵的客人，这前面就是禁地了，我们全都进不去，往前您要一个人走了。"

玥璃点点头看向杜兰茹，只见杜兰茹皱着眉头问："这里面不会有什么危险的机关吧！"

"没有的，尊敬的客人，禁地只有灵者才进得去。"清汛恭敬地回答道。

玥璃挥挥手："那你们先回去吧！我去去就来。"说着大步往前走去。

"还记得地图吗？"洛语问道。

玥璃回想着昨天晚上云沐霜遗憾地把地图交给自己的事说："当然记得，我从小过目不忘呢！"

"那你刚才是故意的喽！"

"要是直接走过去，被他们怀疑就不好了。"玥璃望着此处的景色点评道，"亭台碧树拥芳卉，袅袅琼浆如圣境，真是个漂亮的地方啊！"

还记得小时候和梦洛一起到温泉玩的时候，梦洛总是嫌弃温泉的水太热呢！就是不知如今怕不怕温泉水热了？

玥璃脱下外衣，深深地吸一口气，竟觉得自己身上都舒服了不少，直接地跳进了药灵湖中……

"主人，这药灵湖最主要的功能是……"

洛语还没有说完，却听"啪"的一声，玥璃已经跳进了药灵湖中……

玥璃发出呻吟声，意识渐渐模糊。洛语在一旁紧张地大喊："主人你一定要挺住，如果挺不住的话你会经脉断裂而亡的。"

玥璃一边冒出冷汗，一边大喊："你怎么不早说呢！现在你给我安静，我需要适应一下这温泉的药水。"

玥璃终于闭上双眼，静下心来，感受着周围空气中的灵力，慢慢地她看到周围空气中仿佛散发着无数个光点，将这些光点牵引过来……

半个时辰后，玥璃终于适应了温泉带来的不适感。两个时辰后，玥璃终于睁开了眼睛激动地说："终于到了高阶灵者，太好了。"

"果然不愧是前主人的女儿，主人你的修炼速度真是惊人啊！"耳边传来洛语惊叹的声音。

玥璃扬起下巴高傲地说："那是，不过我很好奇你前主人是谁啊？"

洛语一下子安静下来了,支支吾吾地背对着玥璃。玥璃将洛语转向自己说："没关系，你不想说也可以，我只是有点儿好奇罢了。"

洛语的眼角流出一滴蓝色的眼泪，恢复成真身说："也不是不能说，我其实没有主人，您是我的第一个主人。只不过以前你母亲来到我们的国家并帮助我们渡过难关，我下定决心要跟随你母亲的时候，你母亲把我们封印在那里。让我们再也无法出去，并说我们以后会遇到比她更好的主人，然后就消失了。我们因为没有能力支撑就被冰雪所覆盖，直到主人您来解救了我们。"

"原来是这样。"玥璃点点头说道。

洛语坦白了一切，与玥璃的羁绊更深了一层。

玥璃觉得自己现在很想打一架来稳固自己的灵力，正赶上洛语开口道："主人，香辞也来到叶绮国。和女王殿下的侍从清汛打得不可开交。主人，我们去看热闹吧！"

一瞬间，玥璃消失在原地。洛语惊讶地说："主人，你的速度变得更快了。"

玥璃专门挑好一棵大树，一跃到达树顶。

"小美男，你的仆人都死了，现在轮到你了。"

男人阴鸷地瞪着前方跑动的身影，忽而一个箭步上前，狠狠地一拳砸出。

"啊！"美男惨叫一声，口喷鲜血，重重摔落在地。

"啧啧，叫得真动听。"男人缓缓抽出长刀，感慨道，"可惜时间紧迫，不然我一定和你好好玩玩，现在你让开别挡道，我就放你一条生路，毕竟我要找的人可是见不得杀生呢！"

这时，女王殿下从门口走出来抬头说："看热闹不嫌事大，你倒真是有耐力不对他动手呢！"

玥璃幸灾乐祸地看着被女王殿下盯着的子衿，发出了一声意味不明的嗤笑，"我倒是不会动手，子衿公主能忍得住就好了。"

子衿公主侧目要回怼的时候，女王殿下僵硬着一张脸，抬头盯着玥璃。

"能不能动手这句话，我是对你说的。"女王殿下满脸的沧桑，"子衿都被你带坏了，自己的孩子我自己当然知道，子衿能忍住……但你，不一定！"

毕竟香辞只针对玥璃。

玥璃失笑说："女王殿下，那你也太小看我的定力了，当初我没动手，到现在我肯定不会动手打人的啊！不过呢，有人来找打的话我肯定会动手的。"

女王殿下："……"

子衿公主："……"

一旁站着的几个人兴奋地连声催促。

玥璃闭眼跳下树，一睁眼，便看到香辞举刀向她砍来。

当即没有多想，她直接出手，一把扣住男人的手腕，狠狠捏碎。

"咔！"

骨裂声传来，男人瞪着一双眼惊恐地倒在地上，玥璃的动作实在太快了。

"有趣。"突然，一道低沉的男声在她身后响起，"不愧是我族的圣女。"

"谁？"

玥璃一惊下意识地往后看去，只见一位容貌俊美得近乎妖冶的男子就站在不远处。

男子微眯着眼，漆黑的眸中深邃一片，也不知看了多久。

玥璃心头猛地一跳，竟看不清他的实力。这男人，感觉好危险。

"你也是……来杀我的？"

"杀你？"男子轻笑一声，"你这般有趣的人，随意杀了，岂不是可惜了，你说呢？"

迎着男子摄人的目光，玥璃眸光一闪："既然如此，那便后会无期了。"

说着，她飞快地往女王殿下那里跑去。

"本少主有说你可以走了吗？"她的耳边突然响起男人低沉的声音。

这一瞬间，玥璃的心脏狂跳！

男人速度极快，一下子将她扣住了。一张俊美不凡的脸突然出现在玥璃的面前，男人妖冶的眉眼倒映在她的瞳孔里。

玥璃看着女王殿下，一咬牙，双手骤动，右手直袭男人要害。

"呵。"男子身形犹如鬼魅般一闪，玥璃的招式便全部落空。

玥璃大吃一惊！

移动速度这么快，气势又如此恐怖，这个人和云沐霜有关系吗？

她再要攻击，他忽而出手，一把擒住她的手腕。

"抓住了。"他缓缓开口，温热的气息喷洒在她苍白漂亮的脸上。

玥璃挣了挣，被惹得气急败坏："你说话就说话，能不能别靠这么近！"

易子琛眯了眯眼，似乎没料到她露出本性："小丫头，你胆子很大呢！"

这丫头刚刚还对他一副避之不及的样子，此刻倒是不惧了。

玥璃豁出去了，说："你一看就是叱咤风云的大人物，在叶绮国这样抓着一个女人不放不太好吧！"

"哦？"男人似笑非笑。

玥璃眼神戒备，突然，她脚下悬空，竟被他揪着衣襟拎了起来！

"混蛋！放开我，你以为拎小猫呢！"

"别闹。"易子琛漫不经心，手上还晃了晃玥璃。

玥璃差点儿没被气死！

玥璃眸子一转，突然双臂骤动，缠上他的胳膊。双腿更是直接夹上他的腰，整个人就这么牢牢挂在他身上。

这下，看他怎么拎她！

易子琛顿时黑了脸。

"松开！"

"不！"

女王殿下见状赶紧上前替玥璃说好话："这位侠客，是我国的小璃不懂事，还请你放下她，跟我到内室喝杯茶吧！"

易子琛看都没看女王殿下回复道："我就不进去了，毕竟我也不好坏了你们的规矩。只不过你说她是你们叶绮国的人，是吗？"

女王殿下瞬间感到不妙，陪笑道："她虽然不是我叶绮国的人，但她是叶绮国的贵客，你敢对她不敬的话，我们就算拼上全力也不会放过你。"

"呵！不自量力。"

易子琛一挥手，女王殿下眼前一黑，霎时没了知觉。

玥璃趁这时跑到女王殿下身边："快叫御医！把女王殿下抬到内室。"说着拿出一颗六级治愈丹给女王殿下服下。

"有趣，真是太有趣了，你竟然可以炼制六级治愈丹，不过，可惜的是你的真命天火还太弱了！"说完便飞掠出去。

…………

"少主，您终于回来了！我等了您好久。"

"少主您见到圣女了吗？您为什么不带她回来呢？"

"闭嘴。"易子琛黑着一张脸，"我见到圣女了，她只不过是一个乳臭未干的小丫头，怎么能担起这份责任。"

"她现在在叶绮国，我总不能去抢回来吧！"

"对不起少主，是我算错了。"

"下去领罚!"易子琛咬牙切齿道。

易子琛每次回想到玥璃的时候都会脸红,便对手下说:"你去给我找一个身世干净漂亮的女子来。"心想:我倒要看看究竟是不是你的魅力大。

"少主,你的青梅竹马可以吗?她现在已经是王者灵师了!"

"青梅竹马当然不行,等着。"说着易子琛来到书房拿起笔便描绘了玥璃的身影,"找个就像这样的就行。"

"这不就是圣女的画像吗?"

"闭嘴。"

## 3

玥璃看着易子琛走后,迅速进入女王殿下的寝殿。屋内阳光充足,摆设华丽,床上的被褥叠得整整齐齐。

玥璃悄悄地走到床前,见女王殿下醒了便说:"女王殿下,对不起,都是我给您带来了麻烦!"说着又拿出三颗六级治愈丹放到女王殿下手中。

旁边的御医惊呆了,磕磕绊绊地问:"您这丹药是从哪里拿的?您不会把香辞打劫了吧!"

"对啊!这么珍贵的丹药你还是自己留着吧!我刚才已经吞了一颗,现在觉得自己好多了。"女王殿下也附和道。

玥璃看着众人的眼神说:"才不是呢!我搜过香辞了,他身上根本没有丹药,或者难道我忘了说自己是炼丹师了吗?"

御医这下彻底安静了,子衿公主说:"你可真是个宝物啊!"

"我是人啊!对了,女王殿下,清汛在哪个房间?我想去看一下他的伤势。"玥璃回答道。

子衿公主边走边说:"跟我来!我知道他在哪里。"

玥璃看着女王殿下点头之后,跟着子衿公主走出房间,在经过弯弯曲曲的长廊之后,终于来到了清汛的房间。房间内淡淡的檀木香充斥在身边,镂空的雕花窗射入斑斑点点细碎的阳光,细细打量一番,清汛身下是一张精致的雕花大床,侧过身,古琴立在角落,铜镜置于木制的梳妆台上,满屋子是那么清新舒适。

清汛看到子衿公主和玥璃走进来时想要下床拜见，被眼疾手快的玥璃按在床上说："受伤了就不要乱动，乖乖地待在床上。"

子衿公主也调皮地说："就是啊！老是给我们添麻烦，人应该要有自知之明才对，总是硬碰硬，不怕死也不用这么做吧！"

清汛把头埋在被子里说："对、对不起。"

玥璃把被子从清汛手上拉下来说："不要闷着头，对伤口不利。"

清汛抬头又低头，低头又抬头，说："……对不起。"

"扑哧"，子衿公主笑了又笑："你可真有趣，难怪母亲会将你每天带在身边。"

子衿公主看着清汛的双手遗憾道："被挑断手筋了呀！真是可惜呢！这下是个废弃的玩偶了吧！"

清汛像提前就知道结果了，双眼空洞无神地问："女王殿下怎么样了？醒过来了吗？"

"啧，啧。"子衿公主摇着头，"女王殿下究竟给了你什么好处？你竟不要命般地往前冲，真是不可理喻呀！你知道自己的地位吗？就算你死在那里恐怕都不会有人来替你收尸的。"

清汛支支吾吾了很久。玥璃没那么多耐心，打算直接治疗清汛时，清汛的眸子突然清明了一般说："我不知道，我只知道女王殿下并没有宠幸我，而且也没有宠幸任何人，她只不过是装个样子将我们带在身边罢了。我知道女王殿下眼底还有一个人存在，至于我，我并没有小时候的记忆，从我有记忆以来我就在女王殿下身边了。"

玥璃瞪大了眼睛，立马捂住嘴巴说："你该不会是女王殿下的孩子吧！"

子衿公主也点点头，清汛却摇头："不可能吧！"

"不可能吗？"玥璃若有所思道。

子衿公主调皮地用手指指着清汛的伤口说："如果再不上药的话恐怕这些事都要消失在今天了。"

玥璃从空间中拿出一颗六级治愈丹放入清汛口中，清汛自觉地张口，吞下并兴奋地说："您竟然还是一位炼药师！真厉害呢，对了！这么珍贵的丹药您怎么能给我吃呢！女王殿下怎么办呢？"

子衿公主翻了个白眼："要不是女王殿下同意玥璃来，我们又怎么会来这里为你疗伤呢！"

玥璃也点点头，清汛反问道："那女王殿下把唯一一颗六级治愈丹给我吃了吗？女王殿下的身体现在怎么样了？"

"你为什么会这么说呢！谁跟你说只有一颗六级治愈丹了？"玥璃退了一步接着说，"女王殿下的身体比你的好，好好养伤吧！我们走了。"

清汛的眼里闪出奇异的光芒却又一下子消失，没有人发现，接着说："玥璃小姐，您真是让我感到惊讶呢！"

子衿公主虽然发现清汛叫玥璃的称呼变了，但也没放在心上，说："好好休息吧！今天晚上还有宴会需要你出场呢！毕竟被别人比下去就不好了，不是吗？"

清汛低下头并未出声，子衿公主推开门刚要出去时他却开口道："有些秘密不要深究才好，我这也是为了你们着想哦！"

玥璃皱眉回头看向清汛，清汛又变成那唯唯诺诺的样子。玥璃知道从眼前这个人这里已经套不出话了，便大步跨了出去，子衿公主也立马跟着玥璃走出来，刚想说话时玥璃阻止往后指了指说："小心！隔墙有耳，回去再说。"

子衿公主带着玥璃回到自己的子幽阁说："我总觉得清汛这个人全身都是谜，很危险的感觉。"

"子衿，你可还记得清汛是什么时候出现在大家视野之中的吗？"

"不记得了，我总觉得很久以前就见过他似的，但又记不得了，关于清汛的记忆很混乱。"

玥璃点头道："你先不要管这件事，我来想办法吧！你一定要保密，还要注意自身的安全，想必清汛现在一定有了防范。"

"嗯嗯，知道了。你先回去准备一下吧！今晚的宴会肯定不简单。"子衿公主推测道。

玥璃仰头走出去，洛语突然出声："这里的人都不简单啊！你说子衿公主信任你吗？"

玥璃摇头："不知道，不过今晚肯定会有大事发生，到时再看吧！"

"说的也是，不过你为什么这么肯定今晚会有大事发生呢？"洛语问道。

玥璃回想起自己的经历慢慢地开口："直觉。"

玥璃回到自己的璃凰阁，发现杜兰茹站在门前紧张地看着周围，直到玥璃走上前杜兰茹恭敬地跪下说:"尊敬的客人,晚宴马上就要开始了,您去哪里了呢?"

玥璃闷声地说:"我就四处转转透透气去了。"

"尊敬的客人,您的衣服已准备好放在小柜子上了,您洗漱完就可以直接去晚宴了。"

玥璃头也不回缓缓道:"知道了。"

随后便走进了房间,洛语怯生生地说:"你这是被监视了啊!"

"是啊!看来今晚的大事情和我有关了。"玥璃眯起眼睛略加思索后缓声道。

洛语忍不住说:"那你怎么办?现在跑路!"

"这就要考验子衿公主是否值得信任了!"玥璃冷冷一笑说道。

玥璃换了一身衣裙,衣裙袖口处绣着的淡雅兰花衬托出她如削葱的十指,粉嫩的嘴唇泛着晶莹的颜色,如玉的耳垂上戴着蓝粉色的璎珞坠,随着一点儿风都能轻轻舞动。

收拾妥当后,玥璃走出去微笑着说:"走吧!麻烦你带路。"

杜兰茹恭敬地跪下,回道:"尊敬的客人,这是我的荣幸,请跟我来。"

玥璃跟着杜兰茹再次踏进那金碧辉煌的宴会厅时,发现自己依旧是最后一个进来的。女王殿下调侃道:"小璃啊!你怎么又是最后一个进来的呢?"

玥璃耸了耸肩:"好久没有见过这么大的皇宫,一不小心迷路耽搁时间了。"说着拿起桌子上的酒杯抿了一口,"玥璃在这里给大家赔罪了。"

刚坐到位置上,板凳都没坐热,清汛又开始搞事情了,他笑盈盈地说:"尊贵的客人,您还有什么是我们所不知道的呢?我很好奇。"

"没有了,我的技能你们都看过了!"玥璃直视着清汛回答道。

二公主叶韵月嗤笑一声:"那可不一定呢!毕竟您现在风光着呢不是吗?"

子衿公主也点头道:"记得你会跳舞的对吧?让清汛来为你伴奏可好?"

"这些人也太可恶了!"洛语恶声道。

玥璃站起来问清汛:"你会什么乐器?"

"只要是你能想到的我都会。"

玥璃想了一下:"箫。"

清汛便不知从什么地方拿出一支冰晶的箫,望着玥璃。玥璃走到中间,仿若仙子下凡，令人不敢直视。箫声此时骤然转急，玥璃以右足为轴，轻舒长袖，娇躯随之旋转，越转越快。

忽然自地上翩然飞起，玉手挥舞，数十条蓝色绸带轻扬而出，厅中仿佛泛起蓝色波涛，玥璃凌空飞到那绸带之上，纤足轻点，衣袂飘飞，宛若凌波仙子，大殿之中掌声四起，惊叹之声不绝于耳。

女王殿下率先说："小玥璃啊！你再次让我大吃一惊了。"

"真是个宝物！想把她占为己有呢。"清汛闷闷地说道。

洛语发现了清汛的异常对玥璃说："快看清汛，他的确很不简单。"

玥璃看向清汛时，清汛又恢复成那个懦弱的样子。六公主叶伊墨倒是来兴趣了，开心地说："尊敬的客人，下次你可以教我舞蹈吗？你好漂亮宛如仙子一样，我好喜欢你呀！"

## 4

宴会照常进行，自从玥璃献舞之后他们都安静下来了，玥璃这才察觉到即将有大事发生。

二公主叶韵月和五公主叶紫茉一起敬酒，原本这是一件小事，可叶紫茉的眼神躲躲闪闪的，想让人不注意都不行。玥璃拿起酒杯用灵力检查了一下，酒杯没毒，便一饮而尽。

叶韵月和叶紫茉对视了一下就赶紧回到自己的座位，突然，喧清急急忙忙地走过来说："子衿公主不见了。"

"怎么回事？"玥璃反问道。

喧清恶狠狠看着二公主说："就是刚才二公主和五公主敬完酒后，子衿公主不一会儿便开始面色潮红，然后我去拿解酒药回来就不见了。"

玥璃暗叫不好："出去再说。"和喧清一起到外面之后，喧清急急忙忙地又说："你去东边找找有没有子衿公主，我就去西边找找吧！"

玥璃点头不紧不慢地向东边走去，洛语冷笑一声："考验你的时候到了，这里果然处处都是陷阱。"

玥璃点头，眸子暗淡了下去，说："她们都还有家人，而我呢？啧啧。"

"叶紫茉，你这么担心干什么？难道你不想获得那继承权吗？"三公主叶梦安的声音传来。

"可是，三姐，我们这么做是不是不太好啊！"

"有什么不好！正好把清汛也打压了，母亲会更加疼爱我们的。"叶梦安气愤的声音再次传来。

玥璃这才意识到自己并不是他们口中的靶子，赶紧往东边的清渊殿跑去。推开门，只见清汛身穿透明纱衣似笑非笑地站在房间中央，饶有兴趣地说："难道你就是她们给我的礼物！"

玥璃眼看情况不妙，节节后退："不是，不是，我不是你的礼物，你看到子衿公主了吗？"说着还往床上瞟了几眼。

"快跑主人，子衿公主不在这里，也许这是欺骗你来的陷阱也说不定。"

玥璃左右望了望，刚要走出去时听到了子衿公主微微弱弱的声音："玥璃，是你吗？"

玥璃听到子衿公主的声音是从床上传来的，便恶狠狠地盯着清汛，走到床边，拉起子衿公主就要走，清汛却拦着。

"让开。"玥璃瞪着清汛说道。

清汛拉起子衿公主的另一只手说："她现在还中了毒！我得为她解毒才行呢！你放下她先走吧！"

玥璃从清汛手里抢来子衿公主说："我会解决的。"

清汛委屈巴巴地说："那我呢？我也中毒了，你看我的皮肤都红红的，我好难受。"

"嗯，我知道，我安置好子衿公主后再来找你。"说着赶紧扶着子衿公主回到自己的璃凰阁。

子衿公主在床上翻来覆去，嘴里喃喃说："玥璃，玥璃救命……"

玥璃一只手压住子衿公主的双手，另一只手从玉佩里拿出解毒丹给子衿公主吞下。丹药效果非常好，子衿公主不一会儿便清醒过来，见到这场景，脸上又火辣辣说："玥璃，你离我太近了。"

玥璃退了几步，盯着子衿公主说："你还记得是谁给你敬的酒吗？"

"是五妹给我敬的酒。不过我觉得肯定不止她一人，因为五妹平时都是中立的，不帮我，也不帮二妹的，这次一定是有什么利益值得她这么做。"子衿公主思索道。

玥璃沉默地点了点头说："那你说我们要不要以其人之道还治其人之身呢？咳咳，毕竟清汛也中毒了，我还没有给他解药呢！"

　　子衿公主一下子坐起来："当然要了，这种好戏不看亏了！"

　　玥璃默认了这种说法，对子衿公主说："他们的目标是你，你先待在这里，三息之后你再来清渊殿门口与我回合，我们打她们一个措手不及。"

　　子衿公主乖乖地点头。玥璃立马推门走出去，回到宴会上发现叶紫茉不在，便四处打听叶紫茉的踪迹，直到在小亭的院子里找到叶紫茉。玥璃慢慢向五公主靠近，打招呼说："你看见子衿公主了吗？"

　　玥璃提前往身上撒的迷药这下发挥作用了，叶紫茉晕倒在玥璃怀中。见叶紫茉没有反应，玥璃又趁机喂了一颗催情丹，吃力地把叶紫茉抱起，用轻功往清渊殿走去。推开清渊殿的大门，清汛扑过来抱住玥璃，玥璃嫌弃地推开清汛，一手拉着清汛，一手拉着叶紫茉，把两个人扔到床上之后立马跑路。

　　清汛其实根本没有中毒，也不曾想到玥璃会为自己带来这么一个解毒的东西，嘴角微微弯起："真是一个有趣的人啊！让人爱不释手呢！"说着想到待一会儿玥璃会过来看戏，便默认了玥璃的做法配合着叶紫茉，毕竟做戏做全套嘛！

　　宴会厅内，叶韵月的侍女急急忙忙地跑过来跪在叶韵月面前。女王殿下发现了异样，问："怎么回事？发生什么事了，这么急急匆匆的？"

　　叶韵月的侍女面露难色地看向二公主。女王殿下生气了，指着她说："有什么事是不能说的吗？"

　　侍女朝女王殿下重重地磕了几下头，小声地说："我刚才带着子衿公主去换衣服，没想到从隔壁传来不好的声音，而我拿来衣服时子衿公主并不在房间内。"

　　话不能说得太明，想必在场的人都已经心知肚明了。女王殿下确实见子衿好久没有回来，便说："你指路，大家随我去看一趟吧！"

　　领头的侍女带着女王殿下走向清渊殿，果然从清渊殿传出无法描述的声音。这时叶韵月捂着嘴说道："这里面的人不会真是大姐吧？"

　　女王殿下黑着脸推开清渊殿的大门，声音变得更大了，床帐下两个身影都一丝不挂。这时玥璃和子衿公主从后面一起过来，玥璃好奇地问："这是在干什么呀！子衿公主换完衣服，我们两个去宴会上发现并没有人，问旁边的侍女才知道你们都来这清渊殿。"

叶韵月惊讶地说:"大姐在这里呀!那么里面的人又是谁呢?该不会是个侍女吧?"

子衿公主拿出自己的气势对着叶韵月说:"话可不能乱说,是不是啊二妹!"

女王殿下亲自推开床帐,把那女子拉下床发现竟然是五公主。一阵冷风吹来,叶紫茉的意识渐渐回拢,看着自己一丝不挂,立马从床上拉出被子裹住自己哭着说:"母亲!我是被冤枉的啊,一定是有人陷害我的,母亲您一定要为我做主啊!"

女王殿下一把推开叶紫茉说:"传我令,五公主受人蒙蔽,失去清白,逐去边境军队吧!至于清汛,押入大牢,鞭刑伺候,将那个侍女押入大牢赐水滴之刑!"

清汛被禁卫军押着从玥璃身边走的时候,在玥璃耳边说了一句:"这出戏,你满意吗?"

玥璃的瞳孔变大,往后看向清汛。清汛毫不犹豫地走向大牢的样子,刺痛了玥璃的眼睛。玥璃也明白了清汛根本没有中毒,悄悄地握紧了子衿公主的手,看向窗外漂泊的云。

子衿公主和玥璃一起回到了子幽阁,玥璃说:"我想要两个盛满水的小碟子和一个盛满水的盆,我想证实一个自己的猜想。"

"干吗?你不会是想……"

玥璃点头,两个人不谋而合,子衿公主说:"还是我自己去吧!以防有人知道我们的想法。"

子衿公主往返两趟才把东西聚齐,问玥璃:"现在没有他们的血,要怎么做才好?"

"谁说没有?"玥璃说着从玉佩中拿出两条带血的纱布,依次放入两个小碟子中,等到清水被血浸红——虽然没有暄火的帮助但自己还是能引出真火——玥璃用凤凰真火炙烧那两个小碟子,直到碟中留下两滴血中精华,再将那两滴血倒入盆子,仔细观看两滴血是否融合。

"融了,融了!"子衿公主高兴得跳起来。

玥璃沉思着说:"我猜得不错,想必清汛比你们都大,应该出生得较早,突然多出来一个哥哥是什么感觉,子衿?"

子衿公主将头摇得拨浪鼓一样说:"我不知道,我真的不知道,我的心情现在十分复杂。"

玥璃慢慢抚摸着子衿的头发说:"今天晚上我们去大牢看一下清汛到底在不在,顺便验证一下清汛的实力和势力到底有多大吧。"

子衿公主点头一本正经地说:"恐怕比我们想象中的还要大。"

玥璃和子衿公主道别之后散漫地往自己的璃凰阁走去,悠然间,数道杀气腾腾的人影从墙上冲了出来,宽大的斗篷发出猎猎声响,手中的刀剑在黄昏下泛着红光,厉喝着杀将而至:

"看你还往哪里跑,受死吧!敢伤我们主人!"

看着周围密集的刀刃,玥璃下意识握紧双拳退后了几步。

此时,一个浑身冒着黑光、戴着面具的人眸光一闪,周身杀气瞬时浓重,抬步挡在了玥璃身前。

玥璃稍感意外,抬眸看向男子高大的身影,很像一个人,却见眼前银光一闪,男子已然原地消失了身影。

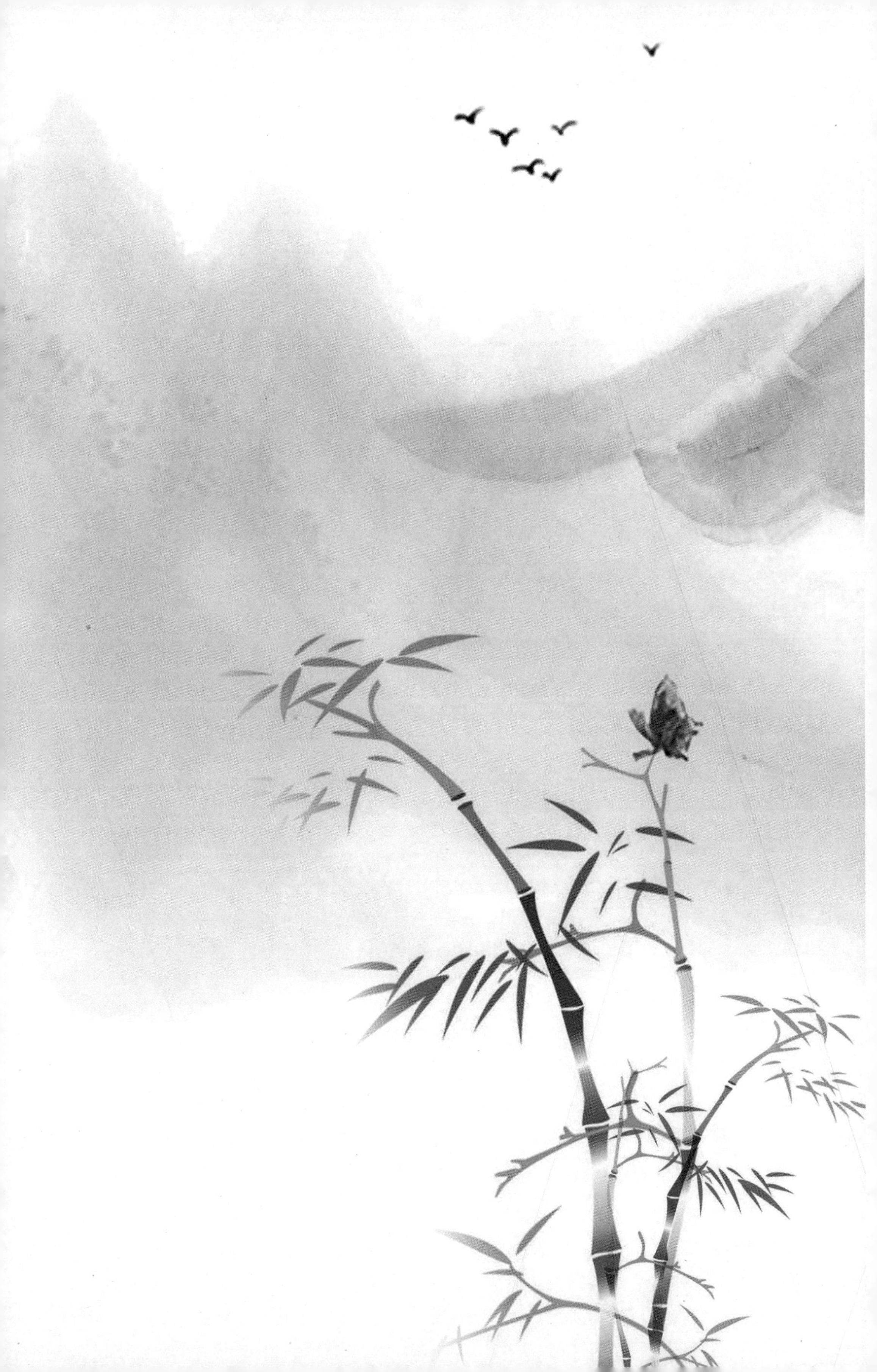

# 雨后春笋

**1**

再次显现身影时，他手中的长剑潇洒斜至土中，鲜血流淌过剑身，土上似乎还游动着一缕嫣红薄纱。

男子面前，方才还杀气腾腾的数名杀手，全都僵立在原地，保持着挥刀的姿势一动不动。

片刻后，那些杀手纷纷僵直着身躯缓缓倒下，入眼一片鲜血四溅！

玥璃看着眼前的一幕，惊得愣神。

剑法，好快！

如此身手，这男子若想杀她，以她目前的状况，恐怕怎么死的都不知道。

得想办法开溜！

男子收剑活动了一下筋骨，看向玥璃开口道："你不认识我了吗？"

面具下的容颜映入眼帘，玥璃的嘴角弧度僵住，心跳忽而慢了半拍！

这张脸，剑眉入鬓，鼻峰高挺，如若刀鞘的薄唇沾染着几滴鲜血，简直说不出的妖冶。

几缕细碎的墨发沾着汗珠垂在额头上，微微遮住坚毅的眉峰。凝脂般的面容沾着血污，苍白如纸，但仍难掩那美玉精琢的面容。

简直邪魅炫目，夺人心魂。

怕是那云沐霜也难以相及！

世上竟有如此绝色的美男子，玥璃心神撼动，难掩目中惊讶，说："感谢您的救命之恩。"

那男子重新戴上面具，变换声音道："你当真不认识我了？好伤心啊！"

玥璃听见这熟悉的声音，说："清汛，你果然不在大牢，看来女王殿下确实很宠你这唯一的儿子啊！"

清汛把修长的手指放在玥璃的嘴唇中央，邪魅地笑着："有些话不要明面说，要吞进肚子才好呢！知道了吗，玥璃？"

玥璃乖巧地点头，清汛一晃神便不见了。

洛语生气地说："主人，太憋屈了吧！"

"唉！没办法啊，清汛的实力在王者灵师之上，我也估摸不透啊！"玥璃伤心地回答道。

"主人，主人，别伤心，您已经很努力了，再说您体内的封印还没完全解除呢，主人……"

玥璃突然捧腹大笑道："哈哈，没想到你还会撒娇，真可爱呢！我知道自己还不够努力，今后我会更加努力的。"

玥璃一个人回到璃凰阁。第二天大清早，杜兰茹敲门说："尊敬的客人，您醒了吗？女王殿下说是有急事找您商量，您醒了吗？"

玥璃赶紧出声："我醒了，马上去。"说着用净身术洗完脸后，就匆匆忙忙地小跑到女王殿下的书房门前轻轻地敲门，这次长记性了。

门内女王殿下疲惫的声音传过来："直接推门进来吧！里面没有其他人。"

玥璃这次小心翼翼地走进，发现女王殿下正在喝茶。玥璃慢慢地挪到女王殿下前面坐下，女王殿下又亲自给玥璃倒了一杯茶说："如果我利用你了，你会恨我吗？"

玥璃还没听清女王殿下说了什么便晕了过去，然后在一片黑暗中又睁开了眼。

"你好，玥璃小姐。"

"你的心里是否有很多疑问。"

"但真抱歉，我没有办法回答你的问题，我只是想和你玩一个游戏罢了。"

"胜利，你就可以带着一个人离开这里。"

"至于失败的话，相信你一定不想知道后果是什么！"

"那么，游戏开始。"

玥璃的脸上，有短暂的茫然。

所以……

这里究竟是个什么地方？

刚才的那个声音怎么这么耳熟呢！

她眯起眼睛，本能地向后退去，但脚步才动，就有湿润黏稠的触感，从鞋底爬上全身。

这个感觉……

是血！

就算玥璃已经有了心理准备，此时也忍不住一愣，僵在原地，手指抚在后腰。

玥璃的目光警惕地来回张望，同时大喊："有人吗？"

并没有人回答玥璃的话。玥璃揉了揉眼角，低头检查了自身，不检查还好，一检查发现自己的衣服已经被换成了那种透明的紫纱，里面的肌肤若隐若现。

玥璃低喝一声，周围一片漆黑，双眼逐渐适应了这黑暗，慢慢地看清周围。

玥璃身处在一间不大的四方房间里，铁门被从外牢牢锁着，房间里只有一张老式的木板床，以及一个结满了蜘蛛网的小柜子。

脚下满是黏稠的液体。

却找不到来源。

玥璃慢慢弯下腰指尖沾了一点，凑到鼻前。

"居然真的是血……"

甚至从黏稠度来看，应该还没流出身体太久。

不过这个出血量，血液的主人这个时候早已凶多吉少了。

玥璃默默地伤心了一下。

从刚醒来听到的那段声音来看，她应该是被女王殿下抓住，来参加这个继承人的游戏。

规则很简单……

能逃出去，就是赢。

逃不出去，就和刚才的人是一样的下场。

玥璃长出了口气，脸上却不见多慌张。她抱着双臂，喃喃道："我竟然又被人给利用了。"

玥璃半阖着眼，过了好半响，才缓缓伸了个懒腰说："干活儿了。"

她一脸神采奕奕，不像被关在了密室中。

而像个即将准备玩游戏的小孩子一样。

摩拳擦掌，跃跃欲试。

在玥璃的脸上找不到半分恐惧。

玥璃慢悠悠地走到木板床前，一把掀开了床上的破棉被，开始拆起了床板，渐渐地皱起了眉头，指尖仍在木板上，但是视线却是望向了角落里的小柜子。

她刚才，好像听到了什么声音。

说起来，最初听到的声音，是从什么地方传出来的呢！

玥璃拆下一块床板，挡在身前，小心翼翼地接近小柜子。

果然，有动静。

不是错觉。

玥璃站在侧方，手压住小柜子残破的把手，低喘一声，用力向外一拽。

嘭！

一声闷响传入耳中。

黑影坠出小柜子，重重跌倒在地。

玥璃一愣，叹了口气，凑过去踹了那黑影一脚，黑影竟然动了。

"嘭！"

她一低头，正对上一张苍白的脸。

躺在地上的男人却是轻哼一声，缓缓睁开了双眼。

但玥璃现在，却没什么欣赏的心思。

男人怔怔片刻，捂着后脑，喉头发出了一声痛苦的低喘。

他看向玥璃，眼眸中闪过一丝喜悦说："玥璃。"

玥璃这才发现是清汛，一并发现的是清汛也穿着一身透明纱衣，只是颜色不一样罢了，他的是黑色。

玥璃眨了眨眼，在距他几步远处，找了个干净的地方坐下，解释道："至于我们此时的状况，你可以理解为，我们被女王殿下绑架，然后被迫玩争夺继承人的游戏，赢了保命，输了棺材埋葬。"

玥璃解释得十分简单。

但是清汛却是嘴角一抽，悄悄地向后退了一步。

估计是觉得，玥璃这人被绑架了还能笑嘻嘻地开玩笑，真不简单。

"你知道我们要怎么离开这里吧？"

"知道啊！"

玥璃指着门说："看见了吗？那里就是门，我们从门出去啊！"

"可是上面有锁！"

"钥匙一定在房间里。都说了是玩游戏，哪有一开始就定下一个死局的。"

玥璃起身，拍了拍身上的灰尘，望了一圈，最后视线落在小柜子上。

床已经被翻得差不多了。

确定什么都没有。

那也就剩下小柜子和清汛了。

钥匙一定在他们之中。

玥璃往前走了一步，在心里无声地叹了一口气。

玥璃走到小柜子前，对着清汛说："麻烦让让，这里面恐怕就有钥匙。"

清汛看了她一眼，视线在她娇艳的嘴唇上一扫而过。他什么都没说，只是扶着墙慢慢起了身，然后往后退了三步。

小柜子有些年头了，还挂了不少的蜘蛛网。

玥璃看了一圈，又伸出手，在边角细细摸过。

没有！

竟然没有！

根本没有钥匙的踪迹。

但是如果连小柜子都没有的话，那就剩下……

玥璃的目光锁定在清汛的身上，笑了笑说："喂！你有没有听说过一个故事。"

清汛在出神。

听到声音，清汛微微抬起头，从喉咙发出一声疑惑的声音："嗯？"

玥璃也不在意，靠着小柜子慢慢地说：

"从前有一位穷人，捡到了一个很昂贵的宝物，但是宝物的主人找上门，想要回宝物。他自然不愿意这么简单就交出去，但这么小的地方又没有可藏的地方，最后……"

玥璃轻笑一声，盯着清汛的腹肌，声音中带着几分诡异。

清汛向后退了半步。

玥璃翻了个白眼，无奈地说："你别怕啊！我开玩笑的。"

玥璃确实看气氛紧张，清汛又怪怪的，所以想缓解一下气氛。

"我真的是随口说的，钥匙又不能真的在你的身体里。"玥璃坦然地说。

这扇门究竟要怎么出去呢？

毕竟是游戏，而这游戏绝对不可能如此简单地就结束。

她有一种预感。

这一扇门，仅仅是一个开始。

如果连最简单的门都出不去，那后续的游戏就真的危险了。

钥匙……不会在最显眼的地方！

那到底在哪里呢！

玥璃靠着小柜子，神情渐渐严肃了起来。

清汛本来想说什么，但是瞥了一眼玥璃，到底是没出声。

突然，有一个想法从她的脑中蹦出来。

似乎，可以找到钥匙的位置了。

"清汛！"

玥璃走过去，十分欢快地拍了一下清汛的肩膀说：

"能帮我个忙吗？"

清汛没说话，下意识地离玥璃远了几步。

## 2

清汛抿了抿嘴唇，犹豫了一会儿，又看向锁紧的门才说：

"你想要我替你，做什么？"

"你先弯腰！"

玥璃踮起脚尖，轻微地眯着眼睛，视线在墙周围快速地扫视着，但屋内光线不足，视线范围太窄。

清汛沉默半刻以后，用余光看着玥璃，缓缓地弯下了腰，玥璃看他听话，挽起袖子，后退两步，算了一下距离，一个助跑跳上了清汛的后背。

"？"

玥璃用手拍了拍清汛的背说："清汛，勇敢一点儿，站起来。"

"你究竟想做什么？"

"快点，沿着墙壁走一圈，我要找钥匙。"

玥璃看起来很瘦，但是背起来还是有分量的。玥璃感觉得到，在他单薄的身体之下，藏的是一副有力量的身体。

"快点！想出去就跟着我说的做。"

清汛到底是站了起来，海拔一高，连呼吸都畅快了。

玥璃趴在清汛的背上，伸出手，摸索着墙壁上的砖块。

一摸下去，满手都是红色的粉末。

"继续走。"

玥璃指挥着清汛，目光紧紧地搜索着，不错过任何一个角落。

没有！

怎么可能！

玥璃找过一圈，也忍不住皱起了眉，如果钥匙真的不在房间内某处的话，那就很有可能，在清汛身上了。

不会真的要把他开膛破肚吧！

太残忍了吧！

玥璃撇了撇嘴唇，顺手点了点清汛的后颈，很凉。

清汛回过头，疑惑地看了看玥璃说："怎么了？"

"没事！"

清汛又乖乖地按照玥璃的吩咐在这房间内走了一圈，额头上却不见半点儿汗珠。玥璃跳下他的背，蹲下也不管地上的鲜血，压着边角仔仔细细地搜寻了一圈。

她摸到床底下的边缘，感觉指腹触到一个微微凸出的砖块。

"找到了。"

玥璃顿时眼睛一亮，急忙抽出砖块，砖块的后方，是一处不大的空间，里面只放了两样东西。

一把钥匙和一个录音机。

录音机里的内容,她已经听过了。倒是钥匙,可算是被找到了。

玥璃长出一口气,转头对清汛笑了笑:"看,钥匙,我们可以出去了。"说着也不顾满手的血,走到门前,正要开门,清汛突然说:"谢谢。"

"谢什么呀!"

玥璃低着头,将钥匙费力地塞进锁孔。清汛垂着眼,遮住了眸底一闪而过的复杂情绪,他缓缓地走到玥璃身旁说:"如果钥匙真的在我身体里,你会怎么做?"

"你还别说,我真的想过。"

玥璃看着清汛有些紧张,笑道:"逗你玩儿的,就算真的找不到钥匙,我也有其他方法,还真的能把你给开膛破肚了?"

清汛无奈地看着玥璃,看着她开锁费了不少力,伸出节骨分明的手指,从她手中接过钥匙。

"我来吧!"

清汛三两下便开了锁。

锁头终于落地了。

远处仍然是一片漆黑。

玥璃又想起了梦洛小时候拉着自己的手哭着喊着怕黑,是从什么时候开始变了呢?

玥璃并不知道,远处等待着她的究竟都是什么。她慢慢伸个懒腰,迈出门,又想起身边还有一个清汛,便回头道:

"你可以先跟着我,不过……"

清汛望着玥璃,眸底分辨不出半分情绪说:"不过什么?"

"记得报答我哦!"

玥璃扬起眉毛,率先向外走出去。

这是一条长廊。

空气中,漂浮着血腥和腐朽的气味。

但是走到尽头,她伸手一推,只听见"咯吱"一声,一道道刺眼的光闯入视觉,她下意识地偏过头,耳边却传来一道耳熟的声音。

"玥璃,太好了,没想到我遇到的第一个人竟然是你。"

玥璃一愣,还没有做出反应。整个人便被拥入一个温暖的怀抱当中。

玥璃推着女人的肩膀，把自己从这个让人窒息的怀抱当中，解脱了出来。

"子衿，你抱得太紧了！"

子衿公主点点头，后退了一步说："你是怎么来到这里的？"

玥璃摸了摸后脑勺说："女王殿下在茶里下药，醒来我就在一个漆黑的小房间里躺着，出来就碰到你了。"

前面仅有一扇门，玥璃正准备要开门，清汛却忽然伸出手，压住了她的手腕。

"小心，还是由我来吧！"

玥璃眨了眨眼，识趣地向后退了半步。

"有点儿不对劲啊！"她轻声嘀咕了一句。

"怎么了？"子衿公主反问道。

"女王殿下不会单单把我们三个放到这里，玩这个游戏吧！"

清汛点头说："你说得对，应该还有其他人？"

玥璃叹了口气，率先走到门前说："继续留在这里也没用，我们走吧！你们害怕的话，就走我后面。"

玥璃走得很快，连子衿公主都没反应过来，还是清汛，最先跟了过去。

谁也不知道前面的路通向何方。

玥璃来回扫着两侧的墙壁，指尖压着一角，时不时地敲击三下，若是有空响，就能证明这墙壁后，藏着别的房间。

但可惜，她听到的，都是沉闷的回音。

"前面，好像有什么东西？"清汛忽然出声。

玥璃眯着眼睛，看向了远处，距离走廊的尽头，已经很近了。

"我来开吧！"清汛的手伸向门把手。

玥璃比清汛先一步推开门："你太虚弱了。"说着毫不迟疑地走进了走廊尽头的房间。

房间不算大，被漆成了古怪的绿色。

玥璃看了看周围说："是一个迷宫。"

与此同时，机械的电子音忽然响起。

"恭喜，被我选中的幸运儿们，你们已经通过了第一关。"

第一关？

雨后春笋

电子声音还没有结束。

机械又冰冷的声音，再次回荡在众人的耳中。

"欢迎大家来到第二关！"

"真假弓游戏，在迷宫的中央有一把真正的弓箭。你们被分成了两队，哪一队优先获得弓箭，那一队就可以用弓箭杀死对方的队员，但是，其中还有不少的假弓箭。祝你们好运！"

古怪而又刺耳的声音，乍然出现。

一瞬间的高音，又慢慢恢复成低音。

电子音缓缓落下。

玥璃和清汛同时望向了迷宫的中央，子衿公主颤抖着说："完了，看起来我们三个是一队的，玥璃，怎么办呢？"

"就看哪一队速度较快了，毕竟这迷宫看起来并不简单。"玥璃分析说。

突然听到"啊"的一声。

他们三个急忙往声音处走，发现叶韵月拿着一把弓箭，叶星舒已经中箭，倒在地上。再看一旁，其他几位公主俱在。

玥璃查看叶星舒的脉搏，发现竟然是中毒死亡的，那也就是说二公主并没有想杀叶星舒，只是被弓箭上的毒给毒死了，玥璃站起来摇了摇头说："没救了，是中毒死亡的。"

叶韵月立马扔下弓箭解释道："我没有，不是我。"

电子音再次出现。

"忘了跟你们说了，拿到弓箭也可以杀死自己的同伴的，但是如果拿弓箭的人没动的话，死的就是拿弓箭的人。"

叶韵月松了一口气。玥璃对子衿公主说："你不觉得这有些奇怪吗？"

"有什么奇怪的？"子衿公主问道。

"你觉得女王殿下真的会让你们自相残杀吗？"

叶韵月扑哧笑了一声："哼，这有什么不可以！"

清汛指着自己说："那为什么我也在里面呢？"

"人多热闹不是吗？"玥璃回答道。

清汛身后那个没有门把手的门缓缓打开了，一阵优美的音乐，远远传来。

那音乐伴随着童音，叶梦安忍不住打了个寒战。

音乐结束，电子音再次响起。

"恭喜，欢迎你们来到第三关。"

"猜猜乐。这个房间里一共有八个门，你们对应着选一道门进去。当然，门后面是什么，我就不多说了，想必你们都会很感兴趣的。"

叶韵月抢先一步站在一号门前说："我就要一号门了。"

"那我就要三号门。"子衿公主紧接着说，"玥璃，你也赶紧选一个门啊！"

"我不着急呢！你们先选吧！"玥璃后退一步说。

叶梦安静静地站到二号门前，叶伊墨也走到五号门前，喧清走到七号门前，清汛走到八号门前，叶紫茉走到四号门前，玥璃便慢慢地走到剩下的六号门前。

电子音再次响起。

"看来大家都已经选好了！那么大门即将开启！祝你们好运！"

玥璃往子衿公主那里看了一下，大家同时走进大门里，玥璃感觉到这个小空间里雾气弥漫，转眼发现自己被套上脚链困在一个小房子中。此时，房门被推开，走进来的竟然是清汛，他穿着一身红慢慢地压下来，玥璃用力地推着发现竟然斗不过清汛，突然她意识到哪里不对，从梦中醒过来，吐了一口血，回到了小空间中，左右望了望，推开前门走了出去，发现到现在还没有一个人出来，紧张地在原地转圈圈时，没想到第二个走出来的竟然是清汛。

"尊贵的客人，没想到您竟然是第一个出来的呢！毕竟魔力越强，遇到的事物便不会那么简单呢？您遇到了什么？"

玥璃盯着清汛说："只是心魔罢了！"

第三个走出来的是一身伤痕的叶韵月，她狠狠地说："你竟然毫发无损地出来了！你遇到的究竟是什么？"

玥璃看着受伤的叶韵月说："我遇到心魔了。"

然后转身又问清汛："那你呢？你为什么也没事？"

"我进去之后，前面突然出现一团雾，看见了躺在床上的玥璃小姐，然后我就突然醒过来了，推开门发现玥璃小姐就站在这里。"清汛恭敬地回答道。

# 3

玥璃倒是饶有兴趣地看着叶韵月说："二公主，你是遇到什么了？怎么流了这么多血呢?"

叶韵月也顾不得形象了,直接坐在地上说:"我遇到二阶魔兽了,真的差点儿就出不来了,好险!"

接下来出来的是子衿公主,子衿公主看到玥璃的第一眼一下子抱住了她,说:"好可怕!没想到这里竟然还有驼鼠。"

"驼鼠?驼鼠是什么?"叶韵月问道。

玥璃对叶韵月的认识改观了,便耐心解释说:"驼鼠,其状鼠身而紫翼,其性孱弱,遇敌以翼掩首,是不可多得的宠兽。"接着问子衿,"那你是怎么跑出来的?"

子衿公主好像有准备地说:"它的眼睛好像不是很好,我靠着墙慢慢地往门移动,它一看我我就停在原地,然后快速开门离开房间。"

电子音再次响起。

"恭喜剩下的人,让我们去最后一关吧!"

子衿公主看了看周围说:"喧清也在呢!"

这时叶韵月大声地喊:"叶梦安呢?她怎么还没有出来?"

"没出来的不止三公主一个,六公主也还没出来呢?"清汛在后面补充道。

子衿公主握住拳头,玥璃刚想说话时电子音再次响起。

"你们要后退吗?后退的话你们所有人都将被视为弃赛,会被抹杀。"

叶韵月赶紧说:"我们要往前走,才不要后退呢!"

"好的,选择达成,请你们打开身后的门。"

叶韵月大摇大摆地打开门走进去,随后大家也一个个走进门,最后进去的是清汛。

冰冷的电子音再次传入众人的耳中。

"欢迎你们来到最后一关,最后的关卡就是找到真正的我。"

墙壁上挂着几幅画,画上的人竟然是女王殿下、子衿公主、叶韵月、清汛和玥璃。

叶韵月抢先站在自己的画像面前推开机关走了进去,随即喧清也跟着叶韵月走了进去。子衿公主站在女王殿下的画像前,刚想推开机关时,被玥璃阻止说:"你不觉得这个问题有些奇怪吗?"

子衿公主推开玥璃:"没觉得啊。"说着推开机关走了进去。

玥璃无奈地看着子衿公主走进陷阱，对清汛说："你还想玩到什么时候？清汛王子！"

"啊呀！你什么时候发现的？"

玥璃往后退了一步说："从第一关开始我就怀疑你了，毕竟她们都是单独一个人被关在一个房间内的，而到我这里是两个人。恐怕你想杀的人就是我吧！"

"不不，我可没想杀你，只是想得到你罢了。再说，你看她们窝里斗不是很有趣吗？更何况在利益面前你准会被抛弃。"清汛漫不经心地回答道。

玥璃走到清汛的画像前毫不犹豫地拉下机关，一条长长的楼梯展现在玥璃面前，玥璃跑下了最后一级台阶，周围是一片漆黑。

她甚至不知道，这到底是什么地方，又都藏着些什么！

只能看见，在不远处，似乎有一扇漆黑的门。

玥璃走近，看到门上用暗红色的液体，画着一个十字的图案。

这是恶魔的象征。

从空气中飘浮着的腥味来看，这颜料，绝对不是真的颜料。

这扇门没有把手。

只在中央，镶嵌了一颗红色的宝石。

突然，身体不受控制的向后倒去，在玥璃闭紧了眼，以为疼痛将要来临时，她被拥入一个温暖的怀抱中。

玥璃没有回头。

她嗅着从背后浮荡而来的冷茉莉香。

缓慢而舒缓的，叹了口气。

"果然是你。"

"嗯。"

男人的轻笑声传入耳中，有呼吸打在耳廓。

他的体温很低，即使将玥璃彻底拥入怀抱中，温度，也只存留了短短几秒钟。

但是香气却缠绕而来。

卷着每一寸肌肤，密不透风地贴上她。

他分明是一个手上沾满了血的杀人魔，却要在女王殿下身边装作一个弱不禁风的美男子。

"这才是你真正的样子吧！清汛只是你的化身。"

清汛眯起了眼，喉中发出一声满足的赞叹，手臂更加用力地环抱住玥璃细软的腰肢，感叹道：

"你让我，很惊喜呢！以至于爱不释手。"

这是一场游戏，也是考验人心的觉察。

清汛知道玥璃虽然说着那些骇人的话，却是从头到尾都没有动过想要害他的心思。

清汛对玥璃很感兴趣，也就舍不得杀她了。

结果……倒是比想象得还要有趣一些呢！

清汛依附在玥璃耳边说："恭喜你，我的幸运儿！你完成了我的游戏，现在我将给予你奖励。"

"你的奖励，可不会是什么好东西吧！"玥璃打断了他的话，"不如你把奖励留给你自己，放我和子衿公主离开，怎么样？毕竟邻国的太子还是很适合你的口味的，对吗？"

"不愧是我选中的人，真聪明！不过呢！这里是没有出口的。"

玥璃挑了挑眉说："那么我除了答应之外，还有别的选择吗？"

"有的。"清汛伸出手，笑着说道，"你可以选择喝茶或者吃桃花酥，不过呢！现在已经很晚了，我更建议你喝茶。"

"谢谢你。"玥璃木着一张脸说，"我现在确实没有什么胃口。"

玥璃本来想走出去找子衿公主的。但是清汛却侧过身体，眼神自伸出去的掌心中游过。

玥璃明白他的意思。

他们两个对视了一会儿之后，玥璃还是屈服了。

离谱……

这人手都不带酸的。

她到底是搭上了清汛的手掌。

他的掌心并不柔软，甚至有几分粗糙。

倒是手掌宽大，五指细长细长的，骨节分明，握起来的感觉，除了稍微凉一点儿之外，还算不错，很安分。

这应该是一双弹古琴或者进行绘画艺术的手指，而不是用来握着刀子、划破谁的喉管的手。

清汛牵着玥璃的手，掌心很快沾染了属于她的温度。

淡淡的茉莉香冲破了血腥气味的围捕，闯入了呼吸。

清汛嘴唇抿笑，终于低下头看着玥璃，走过一间间房。

玥璃实在忍不住问："我的奖励到底是什么？"

"不想再逛逛吗？"清汛歪着头，俊美的脸上浮起一抹微笑，"我有好多东西，想给你看看。"

"谢谢，不必了。"

"那好吧！"

清汛似乎有些失望。

他先是叹了口气，而后又像想起什么似的，心情大好地勾起嘴角，眼眸更是熠熠发光。

他盯着玥璃，温柔地说："玥璃，你可以留在这里。"

玥璃嘴角一抽："你真把这个当作奖励吗？如果我拒绝呢？"

"拒绝？"

清汛皱起了眉头，抬手摸了摸玥璃的面颊，声音越发柔和地说："那我，只好提前与你步入洞房了。"

他没有开玩笑。

那双眼眸，纯粹得不像话。

清汛望着玥璃的眼神，像有些困惑，又带着点点不舍。

目光牢牢地锁定玥璃身上。

即使清汛并没有爱意。

但如果拒绝的话……

他轻叹一声，骨节分明的手指覆盖上玥璃纤长的颈。

如此美丽。

脉搏跳动的频率，被清汛清晰地掌握。

也如此的脆弱。

玥璃的命。

玥璃的一切。

雨后春笋

都被他掌握在手心。

她逃不掉的。

她是清汛的猎物。

早在入国之前他就已经知道了她的身份，那个行踪不定的神秘紫眸少女。

玥璃也叹了口气，毫不客气地拍掉了清汛的手。

"行吧！行吧！我留下，不走了。但是等时机到了你就要放我出去。"

她的这句话，像打通了清汛的任督二脉。

舍不得她死。

想要探索紫眸少女的秘密，将她留在自己身边。

清汛这个人，居然连自己的感情都能操控和掌握。

玥璃顿时头皮发麻说："你难道真的喜欢我吗？你只不过是想把我留在你身边罢了，难道是我弄错了你的本质吗？"

清汛小声地回答："不，没有，我确实不喜欢你。"

玥璃一脸复杂。

瞥了一眼自打她答应留下来之后，就明显心情好了不少的清汛，心里更是堵得慌。

这种被人智商压制的感觉，真不好受。

清汛牵着玥璃的手，亲昵地回到了最初的大厅，站在一堵墙前，只见墙面忽然一闪，紧接着，"轰隆"一声巨响。

墙面左右滑动，露出后方的楼梯。

"欢迎来到我的世界。"清汛回过头，勾唇一笑，轻声地说，"我的幸运儿。"

既然游戏已经结束了。

玥璃也不会轻易离开。

玥璃主动走上楼梯，和清汛并肩而走问："按照正常的游戏流程，你不应该出现在那里，而是等我们找出游戏主谋是谁后，你再来宣布结果，进行处置。"

清汛微微点头："是。"

"那为什么临时又改变了？"

"因为你。"

他没有任何迟疑，一双深不可测的眼眸，定定地望着玥璃说："你不该死在那里。"

清汛对于玥璃一直很好奇。

眼眸一直留在玥璃的身上，话也不停。

玥璃也看向清汛，她第二次在容貌上输给了一个男人，第一次当然就是云沐霜了。

但这并不是重点。

重点是她居然无形之中，躲过了这么多次的危机。

这清汛，看着很好相处，但是看他设计的那些游戏，就知道这人十分危险。

这种一言不合就要命的人，玥璃实在暂时得罪不起。

她只能小心翼翼地问："你让我留下，总不能是天天陪你聊天吧？"

"我想……"

清汛的头垂得更低了。

连白玉一样的耳朵，都起了一层薄红。

这副羞涩的大男孩的样子，简直不适合他。

所以……

"我要你陪着我。"

玥璃一脸疑惑地问："陪你？"

"是。"

清汛点头，食指勾着玥璃的小指头，眼神越发的柔和。

他的身上糅杂着纯粹和残忍，这两种截然不同的气场。

既高贵，又傲慢。

用一种高高在上的态度，俯视着众生万物。

他在之前的岁月中，无比的寂寞。

幸好！遇见了玥璃。

# 4

终于，爬到楼顶。

而玥璃也见到了久违的阳光。

她的眼前是一个巨大的窗户，微风扬起黑纱窗帘，能看到外面蓝蓝的天空。

空气中，再也无法闻到像颜料的血腥气味。

雨后春笋

反倒是有食物的香气，扑面而来。

这房间不算大，但是摆设相当的精致。

一张长条餐桌摆在不远处，桌子上放着桃花酥和冒着热气的茶。

清汛牵着玥璃的手，走到桌前，拿起一杯茶，送到她的手边，轻笑着说："早安，玥璃。"

玥璃这次是挣扎一番之后，又累又饿。

但真的不想喝茶。

她面无表情地望着清汛，咬牙切齿地说："我已经很辛苦了，难道你忘了我来这里之前已经喝了女王殿下一杯茶的吗？"

"我知道。"清汛半强迫地将那杯茶塞给玥璃，然后落了座，托着下巴望着她，"玥璃，我暂时还不会动你的。"

为什么这人能把生死说得跟吃饭喝水一样平常？

玥璃面无表情地望着茶杯，但清汛就在一旁笑眯眯地望着她。

那个眼神，像极了小孩子看着自己心爱的玩偶。

玥璃冷哼一声，一口气喝完了那杯茶。

清汛这才满意。

他走去一侧的窄门，没一会儿的工夫，就端出一盘丰盛的早餐来。

玥璃看了一眼。

好家伙，都是酥。

桃花酥、茉莉酥、玫瑰酥、梨花酥……

清汛不知道玥璃的口味，干脆，就都准备了一份。

不过，玥璃才拿起一块玫瑰酥，就忽然想起一件事说："你一半是叶绮国的人，一半是星云镇的人吧？又或者说你的父亲是星云镇的人？"

清汛赞许地看着玥璃："你真聪明！"

玥璃正要咬玫瑰酥，忽然一块茉莉酥被送到了嘴边。

她缓缓抬起头。

对上了清汛有些羞涩的目光。

玥璃："？"

她很困惑。

这个人到底是怎么做到的？

在设计杀死了四个人之后，再算上被有损清白的五公主，还搬运了她们的尸体，现在还能坐在餐桌上若无其事地喂她吃饭？

但是人在屋檐下，不得不低头。玥璃咬住清汛喂过来的茉莉酥，还没来得及嚼，就听见耳边响起清汛的话："有没有很像我的味道。"

玥璃嚼了三口，含糊不清地说道："好吃，是你做的吗？"

清汛的脸更红了。

他点点头，喂玥璃吃完了茉莉酥。

她真是越来越看不懂清汛了。

"去休息吧！"

清汛率先起身，对玥璃伸出手说："我陪你回房间。"

走出了门，玥璃才意识到，这处住所，究竟有多恐怖。

这处住所用皇宫来形容恐怕都不为过。

大，而且大到了几乎可怕的程度。

说是城堡，都毫不为过。

玥璃连楼梯都没见着，就已经拐了好几个弯。

而且每一扇门都一模一样，从刚才起见到了不下二十扇门。她刚开始还想记住路线的，但是等到拐弯之后，见到更多的房间后，当场放弃。

人吗？自然要过得休闲一点儿才好呢！

玥璃一开始还以为，清汛是一个人住在这里的，但是等到路过一扇窗户前，她低下头，看到了几个正在将尸体埋在花丛中的人。顿时了然，难怪这里的花透着娇异。

清汛送她到了一扇门前，先是犹豫了一小会儿，而后红着脸，缓缓地俯下身体，在玥璃的面颊，落下了一个轻吻。

清汛立刻后退，声音也急促了不少说："你好好休息！"

玥璃顿时起了一层鸡皮疙瘩，因为清汛做的饭太好吃，她差点儿都忘了，这个人，是个十分危险的人。

玥璃这才想起来对洛语说："你记住地形了吗？"

"记好了！主人，幸亏您来到这里了，要不然在下面我都感应不到您的方位了呢！"

"清汛的魔力很强大，超乎了我的想象。只不过呢，他是因为吃药才变强了不少，如果药效过去，不知道还能不能见到清汛呢！"玥璃分析着清汛的情况说道。

"主人，叶绮国已经答应和你同盟了，您打算什么时候离开这里呢？"

"治好清汛之后就走吧！我不希望还有人在我面前消失。"

"那子衿公主呢？"

"她不是坏人，只是为了自己的利益，不小心冲昏了头罢了！我相信她以后会变成一个好女帝的！"

"主人，你为什么确定子衿就是女帝呢？那二公主呢？"

"子衿，她有那个实力，而且清汛会助她得到皇位的。至于叶韵月，她会是一个好大臣的，这个国家以后将会崛起。"

"主人，那你……"

"我走之前，必须见一下子衿，以保证子衿和清汛的决心。"

夜的星悄悄隐蔽，为迎来一场盛大的宴席，深蓝色的天幕褪尽，扯起日出为白云镀金。

"玥璃，醒了吗？"

玥璃身着一身浅蓝色纱衣，肩上披着白色轻纱，一头长发披在双肩上，未施一丝粉黛，推开房门说："醒了。"

"要去吃早饭吗？"

玥璃看着不再易容的清汛，他身穿淡紫色的宫装，淡雅之外多了几分出尘的气质，缕缕的发丝在清风中，略显娇弱。

玥璃摇头说："我想先去看一下子衿公主。"

"恐怕被谜团迷住的大公主不会见你的。"清汛温柔地说。

"不会？你太小看子衿了，她一定会见我的，麻烦你带我去见一下她！"

"哦？"

"我们打赌怎么样？就赌子衿会不会见我？"

"好。如果子衿公主不见你的话你就答应我一个条件！"

玥璃轻轻点头："可以，请你带路吧！"

清汛带着玥璃拐了好几个弯来到一扇门前停下，对着门说："子衿公主，有人来看你了，你要见吗？"

"见。"门内发出清亮的声音。

门被从里面推开，玥璃给清汛抛了个得意的眼神，大大方方地走进去。子衿公主招手让清汛也进来，玥璃说："其实我和子衿商量之后才觉得那人是你的。"

子衿公主点头附和道："既然你想演，我们就配合你演出喽！"

"真没想到啊，我竟会被你们两个小丫头耍得团团转。"

玥璃从空间中拿出一颗六级治愈丹递给清汛说："吃禁药大涨灵力的副作用很强吧！你看你还有入魔的征兆，希望你可以恢复到原来的实力。"

清汛呆呆地接住玥璃给的六级治愈丹说："我们出去吧！我猜女王殿下应该等急了。"

子衿公主暗暗担忧地说："如果女王殿下想要的不是这种结果呢？"

"我想女王殿下既然让我也加入这游戏里，想必她已经预料到了这次的结果，而她现在也很满意。你说我说得对吗，清汛王子？"玥璃一脸郑重地回答道。

清汛宠溺地看着玥璃说："没错。"

"这里其实是地牢的秘密通道吧？"玥璃盯着清汛问道。

清汛立马躲避玥璃的视线小声地说："这可不是我说的啊！我什么都不知道的。"

玥璃指着前面的路说："清汛王子，请带路吧！"

清汛看着玥璃眼巴巴地看着自己，快速指路向前走去，至于玥璃和子衿公主则手牵手跟在后面。

阳光再次照耀大地，这个事情结束了，他们三个站在大牢门前，成为一道亮丽的风景。

这时，叶韵月走过来对着子衿说："女王殿下在大殿召见你们。"

子衿公主看着玥璃说："让我们一起面对未来吧！"

玥璃点点头，微笑着指着清汛说："清汛，你打算公开你的身份了吗？"

"嗯，等一会儿在大殿里你们会知道的。"清汛故作神秘地说道。

终是时光不饶人，再次踏进大殿时已经时隔许久。玥璃刚要跪下时女王殿下急忙阻止，说："玥璃，你又忘了？不要给我跪下，不过呢！你可以给新王跪下。"

此时，其他人都跪在自己的位置上说："女王殿下万岁万岁万万岁！"

女王殿下慢慢地说："平身。今天召集大臣们，就是想宣布谁是你们的

雨后春笋

新皇。"

女王殿下一个眼神，下面的一个文臣打开圣旨大声地读道："奉天承运女帝，诏曰，子衿公主德才兼备，能文善武，特此封为新皇，即日起始，下月十五举办封帝宴。二公主叶韵月，冰雪聪明，特封为内阁大臣。"

大臣们都跪向子衿公主大喊："恭迎新帝，新帝万岁万岁万万岁！"

子衿公主也装模做样地说："平身。"

"谢女帝。"

随后，子衿公主又指着玥璃说："玥璃，我承诺你来到叶绮国后不用向任何人行礼，也包括我自己。"

玥璃有些为难地看着女王殿下的眼神说："玥璃，遵旨。"

女王殿下满意地看着子衿和玥璃，突然严肃起来说："我让位之前还有一件事宣布，我还有一个大儿子，就是现在的清汛。因此，三月下旬清汛会代表我国与邻国和亲。"

女王殿下说完便回去了。子衿公主走到门口问玥璃："你会看我的封礼仪式的，对吗？"

玥璃沉默了一小会儿之后说："我明天就要离开叶绮国了！"

子衿公主激动地拉着玥璃的手臂说："你可以下个月再走吗？"

"你会遵守对我的承诺，对吧？新皇。"

"当然。"

## 5

玥璃骑着马缓缓走向前方，说好了不送她的清汛和子衿新皇却在城墙上站着挥手。玥璃也回头看着城墙上的两个人大声喊："有缘再见，后会有期。"

从叶绮国往北方再走便是迷归谷。

"洛语，先别出来了！回灵识空间，我去溜达一圈。"

洛语一脸不满地嘟嘴："我想要出去。"

"等我办完一件事之后就允许你出来。"

洛语得到主人的应允，高兴地化作冰花，回到了她的灵识空间里。

迷归谷里鲜少能看到各种草药，多的是一身血腥气、眼神凶悍的魁梧大叔。

玥璃知道他们的身份——佣兵。

这个地方，因为有佣兵所的存在而吸引了不少以赏金任务为生的佣兵。

玥璃此行的目的就是注册成为佣兵。

佣兵对她而言，是一个锻炼的好机会！

佣兵所占地面积虽大，但因为里面充斥着吵闹声和熙熙攘攘的人群而显得十分拥挤。

玥璃直接无视那些围在任务栏面前的佣兵，径直走到了注册佣兵处。

"注册佣兵。"

她的声音略微低沉，乔装了一番，仿若男声。

"好的阁下，请您说一下名字。"

"月。"

这个名字一响起，周围原本还百般无聊的佣兵们突然直起了身体，打探似的目光在玥璃身上流连。

之前母亲送给她的玉佩可以隐匿修为，因此玥璃并不担心这些人发现她的真实修为。

注册人愣了一下，语气里染上了一丝小心翼翼："阁下是月大人？"

这是琼梦国的秘密，在佣兵所里修炼过的人，都知道有一个行踪神秘的人叫月。

但是月太过神秘，除了名字之外，无论他们怎么挖掘都无法知道此人的其余信息。

因此一些想拉拢月的人，只得无功而返。

却没想到这位神秘人会出现在迷归谷的佣兵所里。

不等玥璃出声，旁边突然走上来一个脚步略带着虚浮、手上拎着两个酒瓶、脸上有一道明显刀疤的男人说："你说你是月？那我还是月他叔叔呢？"

刀疤男说完还"呸"了一声："真以为披个黑袍就能冒充月了？有本事和我打一场！"

刀疤男一出现，周围顿时响起了不少声音。

"这不是刀疤吗？他怎么会出现在这里……"

"这刀疤男可是没少在佣兵所横行霸道地抢任务……"

"他还真是一如既往的嚣张呢！也不怕这是真的月阁下。"

"管他呢，听说他已经是中级灵者了呢。"

"这要是真的月阁下，那终于有人能治他了！"

玥璃淡定地挑了个眉，看着赶上来送人头的刀疤男，嘴角微扬，她正愁没人给她机会呢！

在众人的围观下玥璃和刀疤男来到了外面宽阔的广场上。

玥璃手中握着一把泛着微弱蓝光的几乎接近无形的剑，这是和洛语缔结契约后用冰而炼化成的剑，里面蕴含着洛语强大的灵力。

"开始吧！"

刀疤男看着玥璃的动作，不屑地冷哼一声："故弄玄虚。"

蓝色的灵力和金色的灵力碰撞在一起，形成的碰撞磁场使得围观的人都不得不后退一步。

"唰"的一声，阳光下那无形之剑闪着若无若有的蓝光。而那剑尖，指向刀疤男的咽喉。

"你输了！"

玥璃面色如雪地说道。

周围的人发出一阵哗然。

仅仅用了一招。

刀疤男的脸色变得尤其难看，在玥璃收剑转身离开的时候，他的眼中闪过一丝阴狠，双手凝聚着十成的灵气，猛然朝着玥璃的后背发动！

玥璃反手扔出一颗灵球，抵消了那股灵力，顺便余波将刀疤男打趴在地上，一道低沉的声音陡然响起："抱歉，没控制好力度。"

玥璃一瞬间来到刀疤男面前，狠狠地将那个不懂事的刀疤男按住，连地面都承受不住玥璃的力量而变得四分五裂。

"是月！是月阁下！"

"这刀疤男终于碰上硬钉子了！真是大快人心啊！"

而不远处，叶晚悠微微张大嘴巴看着这一幕。

"月？"

一旁的护卫队队长连忙说道："没想到这等强者居然会出现在迷归谷！大小姐，要是招揽他加入这次任务，那毕方绝对逃不掉！"

在这些人看来，能够契约毕方的，肯定是强者。

至于之前为什么没有人听过月的称号，那肯定是人家低调了呗！

叶晚悠凝重地点点头："我亲自去邀请他。"

没了刀疤男的阻碍，在场的佣兵对她都是客客气气的，玥璃很快完成了佣兵注册的手续。

刚踏出佣兵所的大门，玥璃便遇上了另一号人物——玖焰国的叶晚悠。

叶晚悠伸手拦住了她的去路。

"月阁下请留步。"

玥璃站住，看向她："有事？"

"不知阁下可有兴趣加入我的队伍。"

听着叶晚悠的话，玥璃将目光落在了她身后的那群人，皆是高阶灵者以上的高手，其中还有一个王者灵师。

这样的队伍配置，叶晚悠是想要干什么？

"具体？"

察觉到玥璃来了兴趣，叶晚悠内心一喜，连忙出声："听闻近日迷归谷有九阶灵兽毕方现身，我想得到它。"

她说完又补充上一句："您放心，报酬绝对让您满意！"

这叶晚悠倒也是个坦率的。

迷归谷啊……正好可以打听一下情报，玥璃心想。

正这么想着，脑海里洛语的声音立马传了过来："这迷归谷借着我们的血脉孕育了不少好东西，正好现在去全收了！"

玥璃嘴角微勾，召唤出洛语，后背微微显现出一个冰蓝色的透明翅膀飞上天，居高临下地看着下方说："我先行一步。"

语毕，一只绝美的小鸟和玥璃很快消失在空中。

洛语是冰系和风系远古灵兽，对于风的掌握早已经达到了炉火纯青的地步。旁人以为玥璃是在展现自己的实力，但在洛语看来，这家伙是土匪基因发作，迫不及待地想去迷归谷洗劫一空。

叶晚悠看着逐渐消失在自己视线中的一人一鸟，眼里充满了对强者的仰慕与渴望。

她小声地说："真羡慕啊……"

一旁的护卫队队长明白叶晚悠心中所想，恭敬地低下头："大小姐日后也会如那强者一样。"

叶晚悠看了一眼身后整装待发的队伍，脸上恢复了平静与威严："我们也出发吧！"

过了一个时辰，玥璃落地，突然感叹一声："突然羡慕云沐霜的天赋了。"

洛语闻言瞥了她一眼："那家伙到处透着古怪，你还是离他远点为妙。"

"我去搜刮些东西，你去不去？"洛语问道。

"你去吧！我想自己闯一闯这里。"

几个时辰之后，叶晚悠一行人也抵达了玥璃所在的地方。

护卫队队长神色凝重地走了过来说："大小姐，毕方现世的消息被人走漏了风声，听说亲世子也来了……"

叶晚悠皱下眉头："卫牧言？他又不是风系，不在自己的地盘好好待着，到这里来凑什么热闹？"

护卫队队长摇摇头，深沉地说了一句："听说是因为帝女回朝……"

叶晚悠听懂了，脸上闪过一丝嫌恶："恶心。"

"有月阁下在，卫牧言应该不敢乱来，我们先去搜索毕方的行踪！你们几个，分成三个小组给我分开搜，有情报了发信号。"

"是，大小姐！"

彼时的玥璃，对上了一双温柔又不失刚硬的眼睛。

"……"

她或许真的该考虑去买个彩票了。

或许这只鸟真的很适合梦洛，玥璃才鬼使神差地答应了。

玥璃看出了这便是叶晚悠所寻求的毕方。

毕方，其状如鹤，一足，赤文青质而白喙，其鸣自叫也，见则其邑有讹火。

但这只毕方似乎格外虚弱，已经是迟暮之躯。

玥璃轻轻走上前去："你已经快要进化成十阶灵兽，为何会突然散开自己的灵力？"

在灵兽法则中，七阶以上的灵兽灵识开启，能善变，会思考。而十阶灵兽能化人形。

毕方突然温柔地看着她，她宽大柔软的羽翅微动，露出里面被保护着的青色的兽蛋。

玥璃忽然明白了。

越是高阶的灵兽，孵化子嗣越是不易，这只毕方此前应该是受了伤，但是又为了孵化孩子，不得不耗尽全身的灵力，以致被人类察觉到踪迹。

毕方温顺地将头低到了玥璃面前，似乎是在恳求她救救自己的孩子。

玥璃看着毕方说："你快要死了！"

毕方哀叹一声，目光怜爱不舍地看着那两颗还未破壳的兽蛋。就在此时，玥璃蓦然听到了密林外面传来的人声。

"那只毕方的踪迹到这里就断了。"

"肯定就在这附近。"

"马上把这个消息告诉世子殿下。"

"你们几个去附近找一找！"

玥璃深深叹了一口气，看着面前哀求的毕方说："很抱歉，我救不了你，但是我会给你的孩子找一个好归宿的。"

毕方蹭了蹭她的衣服，之后它身上红光大显。玥璃感受到了来自毕方身上最后的本源灵力在不断地涌进她的身体里。

她的眼里闪过一丝错愕："你不需要这样的。"

毕方温柔地摇摇头，之后化作点点星光，消散在这片空间里。在那红光消散以后，一个红色的羽毛飘到了玥璃面前。

"主人，这是九阶以上的灵兽独有的灵源，是很稀罕的东西。"

闻言，玥璃挑了一下眉，乖乖收下了。

她看着那两颗还没有破壳的兽蛋，叹息一声，将它们收入了玉佩之中。

察觉到密林外脚步声逼近，玥璃眼中厉色一闪："洛语。"

正在远处忙活着的洛语突然听到主人的召唤，气得跳了起来。

"主人，你离我太远了，等我一下。"

雨后春笋

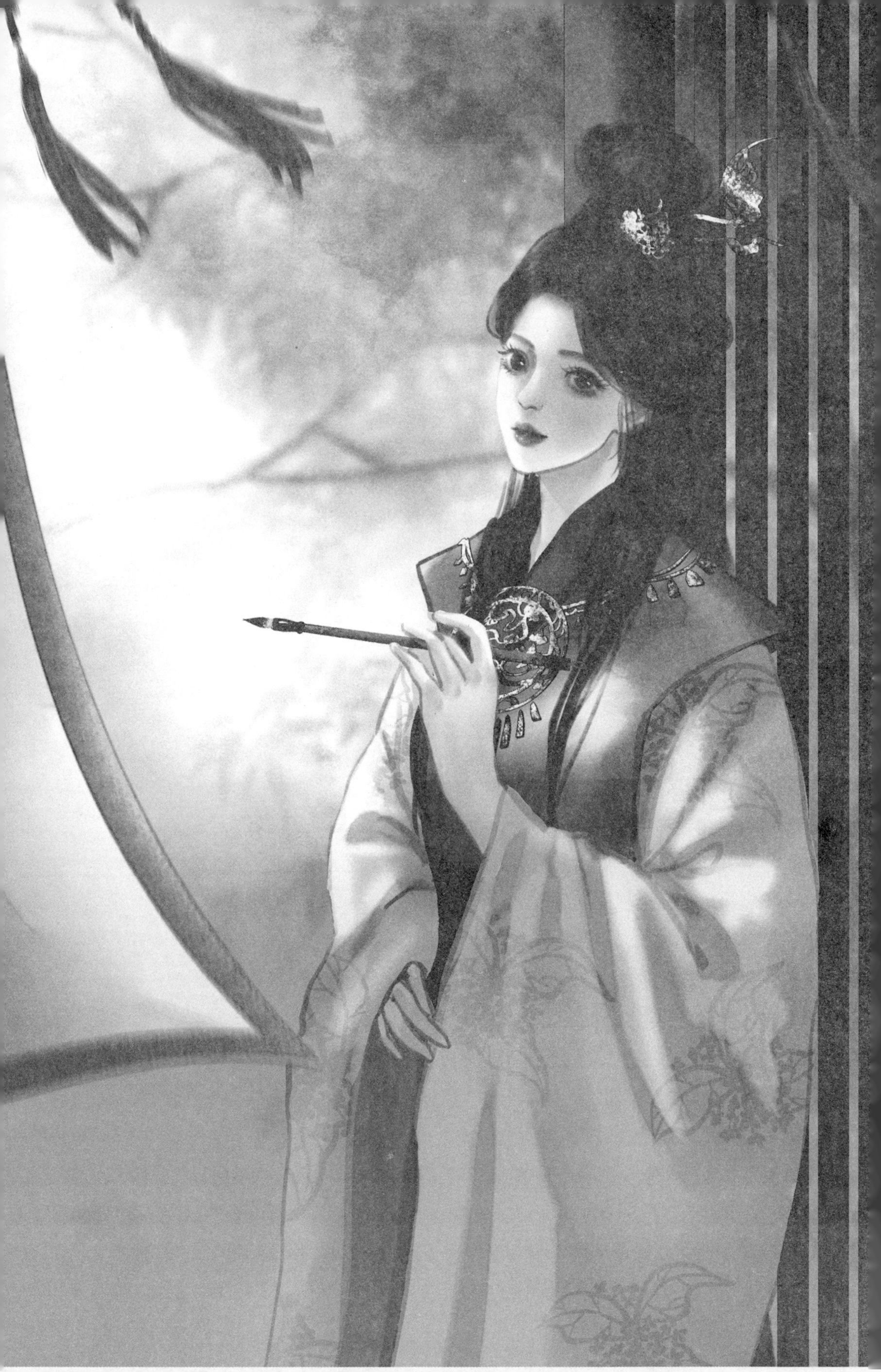

# 进入帝国学院

**1**

但是，下一刻察觉到玥璃有危险的洛语立马出现在玥璃身边。玥璃被包围了，看衣着应该是同一个人派来的。

那几人簇拥着走在中间的男子，那年轻的男子是在其中衣着最华丽花哨的，像来看热闹一般。

那年轻的男子高昂着头，对玥璃透着不屑地说："毕方的气息刚刚还在，喂！是不是你契约了毕方？"

玥璃并不想理他，转身便想离开。

"给本世子拦下他。"

卫牧言见玥璃竟敢无视他，养尊处优的性子让他暴躁起来。

"是，世子殿下！"

他周围的那些人领命，互相对视了一眼，然后二话不说立马朝玥璃发动攻击。

但那些攻击却还未接近玥璃就被一道突然显现的冰屏障给挡住了。

紧接着，洛语化为原形在他们面前出现。

洛语高高地昂起头，居高临下地看着下方的那些人类。

玥璃慢慢地开口："我有它了，还需要毕方干吗？"

一句话表露出真心。

洛语弄出的动静不小，在远处的叶晚悠看到洛语眼前一亮。

"是月阁下！"

"大小姐，那里似乎是毕方的所在之地。"

"应该是卫家那家伙，竟然被他抢先一步！"

护卫队队长又说道："刚得到的消息，太子殿下在世子的队伍里。"

叶晚悠的动作一停，沉默了一会儿，便目光坚定地说："那又如何，月阁下是我邀请来的，是我们队的。"

洛语现身的那一刻，原本对玥璃发起攻击的那伙人都惊呆在原地。

"居然是冰封之地的冰精灵！"

卫牧言不敢置信地看着洛语的身体，眼里闪过一抹浓烈的贪婪之气。

如果是他契约了这等强大的远古灵兽，他的地位不就能赶上太子……

卫牧言异想天开地想着，他身边的那个王者灵师却是脸色一变，覆上了一层凝重说："敢问阁下是月？"玥璃没有搭理他，但是他走到洛语身旁的动作已经说明了一切。

"什么？"

卫牧言闻言，恶狠狠地盯着玥璃。

那阴暗的模样仿佛是玥璃抢了他的契约兽一般说："月？哪里冒出来的无名小卒？"

"卫牧言，你哪里来的脸！凭你这用丹药堆出来的身体吗？"叶晚悠俏皮可爱的声音从身后传来。

卫牧言转头，脸上显露出一丝厌恶："叶晚悠，怎么？你带着这么多人想打架不成？"

叶晚悠带着那行人走出山谷，来到了玥璃这边。

她的气势好不输给卫牧言："我叶晚悠做什么事还需要告诉你？你不待在你自己的地方，来迷归谷干什么？"

卫牧言脸上露出笑容："她，回来了，我作为她未来的夫君怎么可能不回来呢！"

叶晚悠倒是冷笑一声："人家，说不定是来退婚的呢？"

突然天空云层凝聚，乌云密布，雷电之力在云层之中涌动，叶晚悠惊恐地看着这一幕："……这是……雷罚！"

玥璃已经感受到了强大的压迫力，她深知以她目前的实力绝对躲不过那雷罚。

漫天的雷声穿透云层，犹如天道的怒火般，带着势不可当的雷电之力朝着玥璃袭来。

叶晚悠大喊："小心！"

却在下一秒，所有人都呆立在了原地。

只见那覆满强大威力的雷电，在抵达玥璃面前时，悄然消散，在她周身化作一道道绽放的花儿。

虽然也有雷电的声音响起，但情况却完全不一样了，那雷罚不仅没有攻击玥璃丝毫，反而像为她举办的一场烟火盛会。

围观的一群人："……"

叶晚悠惊奇地看着玥璃说："好神奇！"

玥璃也跟着沉默下来，直直地望着森林里走出来的男人。

此时，玥璃的脸上带着前所未有的僵硬，甚至还有一丝措手不及，原来是云沐霜。

他张了张口，似乎是想说"王妃"二字。

但是玥璃中途咳嗽了一下。

于是云沐霜到嘴边的话就变成："好看吗……送给你的。"

底下的人更加沉默。

卫牧言在看到云沐霜出现的那一刻，底气突然上来了，略带讨好地说道："太子殿下！幸亏您及时出现了！"

这到底是什么诡异地。

他们英明神武的太子殿下怎么就突然变温柔了？

玥璃认真地看着那些烟花，对云沐霜轻轻地点了点头。

云沐霜那张冷酷地脸上露出了难以察觉的笑容。

卫牧言见云沐霜放过了玥璃，内心十分不满："太子殿下！"话刚开头，云沐霜抬手，一道白色的灵气闪过没入了卫牧言的额头中央。

"啊！啊！啊！"卫牧言痛苦地倒在地上。

云沐霜居高临下地看着他，语调冰冷地说："你刚刚是想指挥我吗？"

卫牧言旁边的护卫连忙说："太子殿下开恩，世子并没有这个想法！"

云沐霜直接无视他，走到了叶晚悠的队伍里。

"月阁下，不介意我与你们同行吧？"

玥璃还未开口，叶晚悠连忙对着云沐霜说："不介意，不介意，这是我们的荣幸。"

于是卫牧言在原地被抛下，云沐霜再次开口："月阁下，现在要去什么地方呢？"

叶晚悠这次倒是停下来问玥璃："月阁下，您还有什么要紧的事吗？要不要去我玖焰国瞧瞧？"

云沐霜抢先一步回答："可以。"

叶晚悠看看云沐霜又看看玥璃，最终还是玥璃点头："嗯，去玖焰国看看吧！"

半路上，玥璃从玉佩空间里拿出了毕方的兽蛋递给叶晚悠。

"这是你要的。"

叶晚悠一惊，看着兽蛋问："月阁下，这是毕方的兽蛋？"

玥璃微微抬头，简要地将事情经过说了一下。

叶晚悠的神色突然变得严肃起来："月阁下，这份大恩大德我叶晚悠记下了，日后只要阁下需要帮助，我必定赴汤蹈火在所不辞！"

叶晚悠现在太需要一个强大的契约灵兽了。

玥璃倒是平静地说："我答应了它的母亲会帮它找到一个好归宿的，希望你能善待它。"

叶晚悠小心翼翼地抚摸着那枚兽蛋，眼里带着温柔："我会的，以后我们会是并肩作战的生死伙伴。"

到了玖焰国以后，叶晚悠高高兴兴地和玥璃说完再见便离开了。至于云沐霜，见叶晚悠走了便走到玥璃面前说："王妃好久不见！我真是南风未起便思念成疾，待你容颜倾城拥有自己的势力时许我一世绝恋可好？"

玥璃并没有明确地表达自己的心思但也没有拒绝，只只说了一句："这个问题我下次再来回答你，等我强大之时就来找你。"

"你能这么说，我很高兴！现在我可以邀请你参加今晚的洗尘宴可以吗？"

玥璃点头询问道："好，最近我弟他还好吗？"

"嗯，听说琼梦国新皇足智多谋，能文能武，更是和冯香国签订了盟约，说是要去帝国学院锻炼自己，以后好保护姐姐呢！你呢？"

"帝国学院？"

云沐霜看着玥璃的紫眸温柔地说："相传帝国学院专门培养高等人才，只有通过特殊的开学考试才能进入。"

玥璃点点头表示自己知道了，转身挥手向云沐霜告别。玖焰国的景色近在咫尺，触手可及，玥璃行走在街道间，观望体会着这玖焰国的繁华喧闹，心头没来由地一喜，接着又是一叹：玖焰国是盛世华都，但终究不是我的家，繁华的街道，想念他。

每一次的暗夜都是一个故事的标记。

纵然是相隔万水千山，纵然是姐弟一场！

玥璃找了一家带有古典特色的客栈，来到柜台前说："住宿。"

店小二看见了热情地跑上前说："客官，怎么称呼您呢？"

"月。"

店小二听到后回答："客官请，您上二楼，最右边是您的房间了。"

玥璃给完定金后又跟那店小二说："去给我上一壶好茶。"

"好嘞！客官您稍等。"

玥璃回房间后，津泽走出来拿出一袋黄金给刚才的店小二并说："好好招待那位客人，她可是我们太子殿下的贵客，满足她的一切要求，人走后定有重赏。"

店小二连忙点头，小心翼翼地把茶最先送到玥璃这里并小声地问："请问您还有别的要求吗？"

"没有了，退下吧！"

店小二连忙退下，玥璃坐在窗边看着外面热闹的巷景。

突然，街上一个身穿流彩暗花云锦宫装的女孩一脚踹开了对面的男子，又拿出一把暗光流动的剑，剑身飞出，划破时空般就要刺入那名男子，而他还没有站起来，剑身的穿透力很强，恐怕那男子要死于非命了，但没想到这时叶晚悠突然出现并挡下了那一击。

但其实叶晚悠没有挡下攻击，玥璃也会帮他挡下。

那名女孩嗤笑着说："没想到你真敢自己独身一人来救这小子呢！真是情深义重，不过呢！我没想让他活。"

叶晚悠大声喊："紫苏你好歹是个帝女，有必要这样吗？放过他不行吗？"

紫苏连续挥出数百道剑影，这些剑影马上就要落到叶晚悠身上时，玥璃挥出一把扇子在空中凝结出成千上万的冰针挡下了紫苏的攻击。

紫苏大喊："是谁？鬼鬼祟祟的，出来！有本事大战一场。"

玥璃并没有回答紫苏的话，直接瞬移回了客栈。这时叶晚悠已经拖着苏言风跑得无影无踪，紫苏在原地气得牙痒痒也没有办法。

玥璃沐浴完穿了一身梅花纹纱袍，披着银白底色翠纹织锦的羽缎斗篷，看着热闹的街道走到皇宫门口，发现津泽在门口站着。

玥璃和津泽打招呼："津泽，你怎么在这里？等谁呢？"

津泽一本正经地回答："等您呢！王妃。"

"咳咳。"玥璃赶紧阻止津泽说，"我叫月，从来不是你主人的王妃，注意！"

"好的，月阁下，请随我来。"

一路上，津泽都没有再说话，直到宴会厅的大门被推开，里面的小厮大喊："欢迎月阁下来到我玖焰国，请入座。"

玥璃左右瞄了瞄，发现只有两三个位子是空的，正不知道要坐哪里时津泽指着云沐霜邻座说："月阁下，您的座位在那里。"

玥璃瞪着津泽，慢腾腾地坐到自己的位子上问云沐霜："我坐在这里是不是不太好？"

"这里没有人是你的对手，你坐在这里，实属正常。"

## 2

玥璃正端坐在自己的位子上时，下午打人的那名女孩缓缓地走过来对着玥璃说："这位客人，你坐错地方了吧！这里是我的位子。"

玥璃拿起茶杯抿了一口说："何以见得，这个位置上写有你的名字吗，没有吧！"

紫苏身为帝女没受过这种侮辱，转身对着云沐霜娇弱地说："太子哥哥，你看，他竟然坐在我的位子上呢！太子哥哥，你可不可以把他赶走？"

"哦，真是不好意思，我就是你那太子哥哥邀请来坐这里的。"玥璃把玩着手上的茶杯随口说道。

紫苏明显不信玥璃的话，问云沐霜："真的是这样吗，太子哥哥？"

"嗯，是我邀请他来坐我旁边的。"

看到一向话少的太子哥哥竟为这个少年说话，紫苏危机感突然袭来，不过见对方也是男子，同他争风吃醋自是不必。这么想来，紫苏假装大度地坐到了旁边的座位上。

玥璃低声调侃道："云兄真是桃花不断啊！"

"要是你早委身于我，那今天的这些桃花就是不存在的，你说呢？月。"

玥璃自知斗不过云沐霜，便"哼"了一声，直到开宴前再也没有说话。

大厅报倌大声喊："恭迎皇上皇后，太后殿下！"

"皇上万岁万岁万万岁！见过太后千岁千岁千千岁！皇后千岁千岁千千岁！"

太后身穿一身绯罗金丝五凤锦服，再配上皇后的一身金罗红鸾华服，一左一右地显现出皇家的威严。

皇上走到座位后说："平身。"

太后玖焰首先拿起酒杯说："欢迎各位来参加帝女的接风宴，各位随意！"

接着，皇上拿起酒杯说："帝女也到了婚配的年纪，世子可还愿意娶我帝女？"

卫牧言奉上三箱黄金、三箱上等布匹、三箱上等茶叶，说："臣乐意之至。"

帝女的眼神根本不在卫牧言身上，胡乱地点头，皇上却是看了看卫牧言和紫苏高兴说："为了这次宴会，帝女，开场舞你来跳可好？"

紫苏当然不放过在云沐霜面前表演的机会："好，我准备一下就来。"

紫苏退下后，把一包药粉递给侍女说："把它下到卫牧言的酒里，还有我让你办的事情办好了吗？"

"办好了，办好了，绝对没问题，现在只要把他们两个送到一个房间就可以了。"

"嗯，干得不错。"说着紫苏给了那位侍女一个手镯。

"谢帝女赏赐。"

紫苏再次出场时粉面上一点朱唇，神色间欲语还羞，娇美处若粉色桃瓣，举止处有幽兰之姿。忽如间水袖甩将开来，衣袖舞动，似有无数花瓣飘飘荡荡地凌空而下，飘曳摇晃，一瓣瓣花，牵着一缕缕沉香。

玥璃靠近云沐霜一些，说："帝女天资绝佳啊！你说呢？"

云沐霜看到玥璃靠近自己抿笑着："不如你。"

真是话题终结者！

一曲舞终，大厅中便传来"妙啊！真是妙"的声音。

紫苏看到云沐霜的视线一直停留在玥璃身上，便向皇上提议："皇上，不如也让太子哥哥请来的贵客表演一番为大家助兴！"

"哦？太子请来的贵客？"

玥璃被叫到只好站起来对皇上行礼说："皇上，小生叫月。"

一听到这个名字，底下的人又开始议论起她来。

"月阁下也来了呀！"

"月阁下还是太子殿下请来的贵客？"

皇上倒是一脸惊奇地看着玥璃："是吗？那太子请这位贵客小露一手吧？"

玥璃点头说："小生会吹箫，但是现在小生的箫并不在身边，在场可有人借我用一下箫？"

无人应答，玥璃转头看向云沐霜，云沐霜也摇头似乎没想到玥璃竟然会吹箫。

最后太后出来应场："我这里有一把箫，但是你能不能驾驭就看你的本事了。"说着空中出现了一把用冰打造的箫。

玥璃伸出手，箫便慢慢地飘到玥璃手中，箫独特的音色在室内弥漫开来，像一首田园诗歌，和雅清淡，恬静悠远，宛如一弯淙淙的溪流，婉转清脆，一首千古乐音百转回肠，荡起千层涟漪。箫声渐渐舒缓变小，随之高亢，随之平静，随之悠远……箫声升华到那有着星辰与皎月的深空中，如同天上人间的喧哗化作一片绚烂织锦，一曲清新的玄妙天籁就此诞生。

玥璃再次行礼："献丑了。"随后把箫用灵力放到太后的桌子上。

皇上拍手叫绝："真没想到月还是个精通乐器之人，真妙！"

太后也称赞着要把那只箫送给玥璃，并说："没想到你能与这只箫融为一体，看来这就是那箫的命运了。"

玥璃见云沐霜点头，便站起来再次行礼："谢太后。"

玥璃回到自己的座位后发现叶晚悠不见了，便向云沐霜询问："你注意到叶晚悠的动向吗？"

云沐霜摇头，津泽却在后面恭敬地回答玥璃："属下刚才看见叶晚悠大小姐出去了。"

"好的，谢谢。你看还是津泽好用。"

云沐霜恶狠狠地盯了一下津泽，玥璃摆手说："这里太闷了，我出去透透气。"

玥璃走出大厅后云沐霜也跟着出来了，玥璃发现有人跟着自己便加快脚步，没想到那人却停在原地，玥璃往后看原来是云沐霜。

"吓人！"

"真是抱歉吓到我的王妃了，需要安慰吗？"

"什么安慰……"话都还没说完，云沐霜便偷亲了玥璃一下。

然后调笑说："怎么样这个安慰你满意吗？"

玥璃的脸通红，急忙跑开，发现路上两个侍女鬼鬼祟祟地在谈话，便找了个草丛偷听她们的对话，没想到云沐霜也跟过来。

"你跟过来干什么？"

"我保护我的王妃，天经地义。"

"……"

"你终于不拒绝我了，我真开心，玥璃。"

"……"

另一边，那名穿着青色衣服的侍女说："都安排好了吧？"

"好了，好了。"另一名侍女一脸苍白地说道。

"那就行，现在柴房除了他们两个没别的人了。"

"行，办好了会有赏的。"

玥璃刚想问柴房在哪个方向时云沐霜指着一个方向说，"柴房在那里。"

"呦嗬，很及时嘛！谢了。"说着玥璃沿着房顶向柴房跑去。

玥璃站在柴房屋顶悄悄戳了一个洞往下看，果然是叶晚悠和卫牧言。玥璃退一步踩到了一个东西，回头一看云沐霜的脸正贴近自己，吓了一大跳，跌坐在房檐边。

153

云沐霜一把抱住玥璃从房檐上跳下来说:"要保护好自己呀!万一我没在,你掉下去了我可就麻烦了!"

"要不是你吓我,我又怎么会差点儿掉下去?再说,我掉下去受伤的是我,你麻烦什么呀?"

"你要是受伤了的话我会心疼的。"

"咳咳,这么肉麻!谁教你的?"

"这还用教吗?当然是无师自通的。"

"在下佩服。"

"以后你会更加佩服我的。"

"……"

"先把这里的事情解决好?"

"嗯。"说着玥璃走进柴房一言不发把卫牧言打昏,问叶晚悠:"紫苏现在在哪里你知道吗?"

"应该在隔壁吧?说是要来验收成果的。"

玥璃从空间拿出一颗三级解毒丹给叶晚悠服下,正要拉起叶晚悠往门口走时,云沐霜一个眼神,津泽立马从暗处走出来把叶晚悠扛在肩上,恭敬地说:"王……"

玥璃一个眼神杀过去,津泽立马改变原话:"月阁下,我把叶晚悠安放好,您去做您的事情就可以了。"

"嗯。"玥璃刚说完,津泽立马跑没影了。

"有津泽在很方便啊!"

"是啊!是你自己当初不要的。"云沐霜一副委屈巴巴的样子说道,"现在送你可好?这样的话我不仅能知道你的安危,在你遇险的时候他还能助你一臂之力,当然如果是小事情我相信你一定会自己解决的。"

玥璃感慨道:"这就是信任吗?真神奇呢!好,我答应你。"

"感谢你愿意让我走进你的生命!"

"是我应该谢谢你才对。"

"这个人你打算怎么办?"

玥璃不假思索地回答道:"当然是以其人之道还治其人之身喽!走,带你见识一下我制作的丹药的威力。"

"好。"云沐霜一脸宠溺地看着玥璃说道。

玥璃带着云沐霜走到隔壁房间偷偷从窗户看里面的人,果然是紫苏。玥璃拿出粉末从窗户洞口吹进房间,紫苏不一会儿晕倒在地。玥璃这时大大方方地走进去,拿出一颗丹药强行喂给紫苏,打算抱住紫苏时,云沐霜抓住玥璃的手臂往后看了看。

玥璃这才反应过来,原来是津泽回来了,玥璃便再次拜托津泽:"可以把她扔到刚才的柴房吗?"

津泽一脸无奈地说:"好的。"

随即把紫苏扛在肩上,他边走边说:"主人和王妃谈情说爱,命苦的是我啊!"

津泽忘了主人的能力,突然传来云沐霜的声音:"你说什么?"

"没什么!没什么!主人,我为小主人服务是心甘情愿的。"

"那就好。"

津泽欲哭无泪地把紫苏扔进柴房顺便还踢了一脚,不踢还好,一踢出事了,紫苏竟然抓住自己的腿慢慢往上爬。津泽又踢了一脚,把紫苏踢在卫牧言的身上,赶紧跑路。

津泽回到云沐霜身边时玥璃说:"你怎么这么慢,药效已经开始了,你该不会……"

"没有,您冤枉我,我是真的没想到药效这么快啊!"津泽急忙说。

"我做的丹药是平常丹药的加强版,所以药效是很强的。"

"真厉害呢!我的王妃。"

玥璃搓搓手说:"现在就坐等被人发现吧!走,一起喝茶去,我有点儿渴了。"

"好。"

# 3

玥璃和云沐霜一起回到宴会上,发现叶晚悠早就已经坐在自己的位子上吃吃喝喝很是开心的样子。

玥璃回到自己的座位,发现叶晚悠在隔空向自己敬酒。玥璃拿起一杯茶以示回敬,云沐霜在一旁看到说:"看来这次你是真的找到了一个好伙伴呢!"

玥璃也很开心,说:"是啊!她坦率可爱,确实是值得深交的朋友。"

突然，一个身穿青色衣服的侍女急急忙忙地走过来到处寻找帝女的身影，被皇后看见了，便问："这是哪个宫的侍女，毛毛躁躁的，一点儿不懂规矩。"

那名侍女规规矩矩地跪下说："婢女听见柴房里传出一些奇怪的声音，这才来找叶小姐，毕竟柴房里的声音很像叶小姐……"

玥璃的兴趣来了，嘴角抿着笑说："可是你看那里，叶小姐就坐在那里呢！"

那名侍女顿时瞪大了眼睛连说话都变得吞吞吐吐："我……我……我不知道。"

皇上这时开口："那大家一起去看一下是怎么回事，你说你是在哪里听到的？"

那侍女支支吾吾地回答："柴房。"

太后首先起身，皇上也跟着起来。玥璃饶有兴趣地看着面前发生的一切，云沐霜对玥璃说："真是没心没肺啊？"

"哪有！"玥璃反驳道，"走。我们也去看好戏，顺便看看我的丹药还有没有可以改进的地方。"

玥璃和云沐霜是最后一个到达柴房的，柴房门前，叶晚悠大声说："究竟是谁竟敢打着我的名号做这样的事情！"

太后也严厉地说："真是伤风败俗！"

"里面的人是自己出来呢，还是让我们把你拉出来呢？"皇后也补充道。

玥璃在后面开心地看着眼前的画面不紧不慢地说："里面的人好像听不到我们的声音。"

"小家伙，真狠啊！"云沐霜在玥璃的耳边说。

皇上吩咐禁卫军把门撞开，没有了门的阻挡，声音越发地清晰，顿时叶晚悠的脸通红起来说："这……这不是……"

皇后往里面大喊："紫苏，赶紧出来。"

皇上听见这男声也很耳熟，便询问云沐霜："这是谁的声音？"

云沐霜走上前说："这是世子的声音。"

"那没事了，反正世子和帝女有婚约，不是吗？"玥璃反问道。

"不行，他们大庭广众之下做这样的事，就算是有婚约，但是还没有举办婚礼不是吗？"太后严厉地指责道。

"把他们拉出来。"皇后对禁卫军说。

禁卫军把帝女和卫牧言拉开时，帝女还在依依不舍地看着卫牧言。

"这样不行，用冷水把他们泼醒吧。"玥璃提示道。

云沐霜命令禁卫军拿来冷水:"泼醒他们。"

刺骨的冷水让紫苏缓过来,慢慢地看清眼前后说:"太后,皇上,皇后?这是怎么了?"

皇上早已经转过身去,太后指责紫苏说:"你看看你干的好事,大庭广众之下,干出这样的事,真是有辱我们皇家风范。"

紫苏低头看了看自己,又看了看身旁衣不遮体的卫牧言,大声喊道:"冤枉啊!太后,太后。"

"都是你,都是你把我害了。"紫苏指着卫牧言说道。

最后,还是皇上命令道:"帝女,有辱斯文,关禁闭三个月,三个月后与卫牧言成婚。"

紫苏实在没想到事情会变成这样,这次的宴会还是潦草的提前结束了。

玥璃还没有吃饱,摸了摸肚子,云沐霜看着玥璃的动作说:"去听月楼吗?"

"去。"

"什么地方都不知道就要跟我走吗?"

玥璃盯着云沐霜那深不见底的眼睛说:"我相信你。"

玥璃说这话时云沐霜的心再次被震撼了说:"上马车吧!听月楼是玖焰国著名的饭店。"

"没听说过。"

玥璃宠溺地摸摸玥璃的头发说:"是最近才迅速发展成第一大饭店的。"

"哦!难怪。"

玥璃调皮地抓起云沐霜的手把玩起来说:"真好看哪!肤如凝脂,真适合弹个乐器!"

云沐霜用另一只手从玥璃鼻子上划过说:"谁说我不会乐器的啊?谁说的?"

"啊?你会乐器啊!下次见面可不可以给我小露一手?"

"好,听你的。"

马车渐渐停了下来,云沐霜先下车后举起右手等着玥璃,玥璃看到这里说:"我可以自己下车。"

云沐霜一直在那里站着,围观的人越来越多,玥璃只好把手放到云沐霜手上走下马车。

店小二看到云沐霜来了便问道:"太子殿下,是要老位子吗?"

"嗯。"

"好嘞！二位客官里边请。"

玥璃看着云沐霜说："我们不是三个人吗？"

"哈哈哈哈。"云沐霜到了雅间之后大笑起来。

津泽一脸无奈地说："我是暗卫。"

"那你不算人？"

云沐霜笑得更加大声了，津泽慢慢地蹲下来用手在地上画圈圈说："我是人。"

玥璃拍拍胸脯说："那就好，那就好，我还以为又看见什么魂魄了呢！"

"你能看见魂魄？"

云沐霜提醒津泽："不该说的就不要说。"

"能看见魂魄，真的很不好受呢！"玥璃想起小时候说道。

敲门声响起，云沐霜"嘘"了一声说："进来。"

店小二将一大桌子菜摆上桌后又悄悄地退下。云沐霜坐在玥璃旁边拿起一块百合酥喂给玥璃，玥璃乖乖地张口吃下去后问："冥界的入口在哪里呢？"

津泽和云沐霜同时一惊，云沐霜再次给玥璃喂百合酥的同时说："不知道，听说只有冥界的人才能自由出入，人类是进不去的。"

"怎么！你想进去吗？"

玥璃摇头："只是想到一些事情罢了，没事。"

云沐霜"嗯"了一声说："赶紧吃饭吧！都是你爱吃的。"

玥璃突然想到一件事，问云沐霜："你认识易子琛这个人吗？"

"你怎么会……"津泽惊叹。

玥璃继续问："他是你们那边的人吗？"

云沐霜盯着还未完全发育的玥璃说："嗯，是的。我目前只能告诉你这么多。"

"是和我的母亲有关系？"

云沐霜并没有说话。玥璃不再想那么多，开始享用起眼前的美食来。吃完饭后，玥璃说："我再问你最后一个问题。"

"问吧。"

"帝国学院在哪里？入学条件是什么？"

云沐霜笑着抚摸起玥璃的头发，说："终于长大了，这是推荐信，如果不是皇室贵族，就必须有推荐信才能进去。至于入学条件，就是通过五灵球后测试灵力和安全地通过开学考试就可以了。"

"这么简单？"

"开学考试是通过你们的灵力等级来划分的，有S级、A级、B级、C级、D级、E级、F级。当然，没有灵力的想参加开学考试的人要先参加F级的开学考试，但有可能失去性命。"

"但还有人参加对吗？"

"嗯，毕竟从这个学院里出来的人才都是精英，无一例外，但少数人就是那例外中的例外。"

"谢谢。"

"不必和我说谢谢，应该的。不过听说这几年梦洛大有长进呢！说为了一个重要的人才这么努力，你知道是谁吗？"

"我不知道……"

云沐霜盯着玥璃的脸说："没想到连你也不知道！"

"真的是我吗？"

"也许是呢！但如果这只是表象呢？"云沐霜反问道。

"怎么可能？"

云沐霜牵着玥璃踏上马车，然后温柔地说："送你回去吧！你住哪里？"

玥璃嘟着嘴说："我住哪里你不是知道嘛！我都已经在房间里感觉到津泽的气息了。"

云沐霜抱起玥璃的一瞬间就来到了客房，把玥璃放在床上，自己却在桌子旁坐着倒了一杯茶，边喝边问玥璃："你那只小红鸟怎么不见了？一般它都是它吵来吵去的，现在不见了怪奇怪的。"

玥璃从空间里拿出一颗蛋说："它替我挡了致命一击，然后就变回蛋再也没有动静了，我不确定……"

云沐霜接过那颗蛋，没想到蛋又自动跑回到玥璃手中。云沐霜笑着说："还是那么调皮呢！没关系，它马上就要破壳而出了。"

"真的吗？太好了！"玥璃高兴地把蛋放到玉佩中。

"听说将军府的大小姐也会去帝国学院。"

进入帝国学院

"叶晚悠也会去？"

云沐霜想了一下说："嗯！大概你认识的人都会在。"

"人们应该忘了原来的玥璃长什么样了吧？"

"你想不易容就去帝国学院？不行，我不允许。"

玥璃感慨道："明明是自己，却不能当自己，真是悲哀！"

云沐霜顿了一下，说了一句"听话"便走了。

云沐霜从客房出来时津泽已经在门口候着了，云沐霜走到马车前望了望二楼的窗户小声地说："希望你快点成长，能够独当一面。"

津泽也望了望窗户那边，说道："会的，她会成就一番大业的。"

淘气的小星星在蓝幽幽的夜空中划出一道金色的弧光，像织女抛出一道锦线。

玥璃站在窗户前望着点点繁星，便知道叶晚悠和毕方契约成功了。

洛语被放出来时急急忙忙地对着玥璃说道："快，再将你的本命天火召唤出来！"

这么心急？

玥璃虽然疑惑，却还是点点头，精神力催动灵力，一缕微弱的火光自指尖而出。

"果然真的不一样，我明明见过这样的记载……"

洛语喃喃自语，突然又看着玥璃，十分郑重地说："主人，这天火果真是你契约后得到的吗？不是你身体自带的吗？"

天火还能自带的？

玥璃摇头："是自带的吗？我不知道。"

洛语思索了一会儿："你看书上的天火，再看你的天火，与书上的天火有何不同？"

"书上的天火好像偏红色，我的天火似乎偏白了一点儿！"玥璃仔细看了看说道。

洛语又沉默了片刻后抬起头，脸上十分严肃地说："如果我猜得没错，你的天火应该是变异的而且是你自带的，我能清晰地感觉到你的天火里散发着纯粹干净的气息……"

变异的天火？

玥璃看了看手指上小得可怜的火焰。

"也就是说,你的天火在炼药的淬炼度和融合度方面,很可能是别人的两倍、三倍,甚至数十倍!"

洛语激动地看着玥璃。

难怪!

这样的天赋,简直就是天生的炼药鬼才!

面对他这样的兴奋,玥璃反而一脸平静,安静地看着洛语蹦来蹦去。

自知有些失礼的洛语语气也随之平稳起来:"你知道我在说什么吧?"

玥璃点点头说:"知道。"

知道还这么淡定!

"但这不一定是好事,对吗?"玥璃反问道。

确实,对于现在的玥璃来说这确实不能算是好事吧!

"主人……"

玥璃笑着对洛语说:"我会变强,放心!谢谢你的帮助。"

洛语自知理亏,这次居然自动进入玉佩。玉佩里洛语的声音传过来:"主人!我还要读书,遇到困难我肯定会站在你身旁的。"

玥璃调整好心态,倒在床上睡了过去。

第二日清晨,玥璃正在大厅平静地吃早饭,而学院那边已经炸开了锅。

秋风微吹,风偏凉,轻拂着玥璃白色的衣裙,翩飞若仙,帝国学院山脚下聚集了千万名考生,有的成群结队,有的形单影只,无一不搓搓手,跃跃欲试。

层层群山之中,一座云峰高耸,屹然而立,原来那就是帝国学院,和玥璃想象中的截然不同。

"帝国学院好气派啊!就像云中的仙府一般。"叶晚悠盯着那座云中学府,眼睛里盛满了笑容,闪烁着希望的火苗,她发誓,一定要努力修炼,像月阁下一样优秀。

玥璃听到了叶晚悠的声音,回答道:"嗯,真气派,咱们进去以后一定要用心修炼啊!"

"哟,哪里来的无名小卒,还想进入帝国学院,做梦呢?"旁边一黑衣男子见玥璃没有修为,手里还牵着灵力低下的叶晚悠,满脸的鄙夷之色。叶晚

进入帝国学院

161

悠顿时愣在那里，周身溢满了悲伤的情绪。

"就是，不就是脸蛋漂亮了点吗？进入帝国学院比的是本事，又不是比姿色。"男子身旁的蓝衣女子掩着嘴角乐呵呵地笑着，眼睛里却燃着妒忌之火。

"你再说一遍。"玥璃清冷的面容上带着丝丝的寒意，盯着两人的眼中一片寒冷肃杀。

蓝衣女子打了个寒战，随后又理直气壮地说："本来就是，帝国学院岂是你们这些废柴想来就来的吗？简直是荒谬，修为这么低，还敢来多系帝国，也不怕遭人耻笑？"

玥璃这才想到自己的修为被玉佩遮住了，布满寒霜的脸上浮现出一丝诡异的笑容："废柴你说谁呢？"

"废柴就是说你呢！没有自知之明吗？"蓝衣女子不假思索地说了出来。

周围人哄笑了起来，"哈哈哈哈……"

"哈哈，你看居然有人说自己是废柴，她的脑子是不好使吗？"叶晚悠笑得捧起肚子说。

"叶晚悠，以后一定要离这种人远点，会被传染的。"叶晚悠似懂非懂地点了点头。

"哈哈哈……"周围的笑声更响了。

蓝衣女子面色惨白，又羞又怒："你找死！"随即动手一记灵力朝着玥璃的命门攻来。

玥璃拉着叶晚悠轻松地躲开，蓝衣女子一步陡然跨出，体内浑厚的灵力爆发出来。

"高级灵者五阶？"旁边的众人唏嘘不已，"真没想到，估计那个漂亮女子的性命今天要交代在这里了。"

众人都摇头叹气，可惜了那么美好一个姑娘。

玥璃感觉到了危险，眯起了眼睛，把叶晚悠挡在身后，然后化作一道白影朝着蓝衣女子暴掠而去，转眼就到了蓝衣女子身后。蓝衣女子瞬间感觉动弹不得，眼神中充满了惊恐。

众人预料的结果没有发生，却不知道发生了什么，只是感觉一道白光闪过，蓝衣女子就不能动了。他们全都惊愕地瞪大了眼睛，不明所以地还在问旁人到底发生了什么。

"你做了什么？你这个废柴，快放开我的妹妹！"黑衣男子本来觉得自己的妹妹单单处理一个玥璃是没问题的，没想到玥璃竟有这么诡异的功法。

"哦？我是废柴，那她是什么？废物吗？还是连废物都不如？"玥璃不以为然地甩了甩头。本来是不想挑事的，但是那个蓝衣女子对自己动了杀机，那就别怪自己了。

"哥哥，救我！我身上好痛！好痛啊！"蓝衣女子开始哀号起来，那种痛好像从骨髓深处里传出来似的，痛苦难忍。奈何蓝衣女子又被玥璃用银针定住了，浑身动弹不得。

真所谓求生不能，求死不得。

"你敢给我妹妹下药？你可知我们是谁？我们是方家的人，是琼梦国皇族的近亲、玖焰国帝女的表亲，快放了我妹妹，我可以让你死得痛快点。"

"方家？琼梦国！帝女！我可不认识什么方家，我以为你有什么能耐呢！原来只是仗势欺人啊？"玥璃根本没有把他们放在眼里，不过琼梦国的人来了的话说明他也已经来了吧！

"哈哈哈……"人群中又发出一阵嘲笑声。

"你……"黑衣男子满面怒容，脸憋得通红，气得在原地直跺脚。

突然空中飘过一阵香风，一名女子轻轻降落，白裙飘飘，裙角勾画着莲花，微风拂过她的秀发，好一朵白莲花。

紫苏一下子看到了玥璃，看到玥璃的脸心里又溢出一丝妒忌，表面却不动声色微笑轻声道："这位姑娘，我是紫苏，念在表妹不懂事的份儿上，请高抬贵手，我代他们向姑娘致歉。"

"她就是那位帝女！啧啧，果然是一个不可多得的美人，温婉大方，不愧是帝国学院的第一美女。"

"漂亮是漂亮，可是这修为摆在这里，光有一副空皮囊有什么用啊！"

帝女的外表的确更能蛊惑人心，但是玥璃并没有错过她眼中一闪而过的狠毒。玥璃本来不想现在就露出修为的，又因叶晚悠在自己身旁，不想在这里惹出麻烦，便礼貌地回了一句："帝女不用担心，您的表妹马上便好。"

"咦？不痛了，我能动了。"蓝衣女子动了动身子，惊喜地跑到紫苏身边，双手挽住她的胳膊撒娇道："表姐，她欺负我，你不能轻易饶了她。"

"放肆！"帝女大声呵斥道，"此次你们是来考核进入学院的，不是来惹是生非的。"

随即又转过头来微笑着对玥璃说:"姑娘,帝国学院的考核要灵者入门以上的人才能参加,恐怕姑娘……"

"哦!是吗?帝国学院可是连没有修为的人都收过呢!"一道男声陡然出现在众人面前,被戳了谎言帝女也不闹。

玥璃听到这声音十分耳熟,往声音来源处一看,果然是他,一套淡白色宫装,红唇间漾着浅笑。

叶晚悠倒是不淡定了,大声说:"是皇上梦洛!"

玥璃和梦洛对视了一眼便迅速移开视线,现在还不能让敌人发现他们的小秘密。玥璃假装仰慕地说:"琼梦国的皇上?"

梦洛点点头,然后看着帝女的方向说:"真是什么人都敢在这里乱说规矩了?让开,你挡我路了。"

紫苏的笑容一瞬间的僵硬,转而说:"哼,告辞了!"

紫苏袖口微甩,乘风飞进学院。梦洛盯着玥璃说:"这位姑娘,你得罪了学姐以后可不好过了哟!小心点才行呢!"

玥璃微微深思点点头回道:"感谢梦皇的提点。"

梦洛顿了一下立马出声:"都是同龄人,便唤我梦洛吧!"

玥璃显然没想到梦洛会这么礼貌,便回应道:"我叫玥璃,以后请多多指教了。"

梦洛没有再回应玥璃的话径直走开了,此时玥璃并没有发现人群里有两道视线盯在她身上,一道充满了恶毒,一道饱含兴趣。

人声鼎沸,一道裹挟灵力的声音从学院中间的石台上响起。

"各位,静一静!"

周围慢慢地安静了下来。

# 4

"欢迎各位来到帝国学院一年一度的招生大会,根据帝国学院的规矩,请各位学生排队进入幻境森林,下午日落之前出来的学生,即为考核合格!"

叶晚悠偏头看了一眼苏言风,又看了看队伍前方波光涌动的门,对玥璃说:

"玥璃，一会儿进去之后，跟紧我。"

"好。"玥璃点了点头。

"那么，幻境试炼，正式开始！"随着一声被灵力荡开的锣鼓声响，那扇门前挡着的人侧身让开，排队的学员鱼贯而入。

很快到了玥璃这里，她迈步走进去，隔绝出的另一个空间是一片广袤无垠的大草原。

前面站了一些人，像朝着玖焰国的方向做着一些奇怪的动作。玥璃转身，看到了后面进来的叶晚悠和苏言风。

不远处能看到从其他门进入幻境的学生，说明大家到的都是同一个地方。

此处的风云气候均与外面的不同，自成一个小世界，若是想得不错，应该是用法术构建出的另一方天地。

周围的人渐渐散去，或三五成群，或者孤身一人开始探索起这片神秘的草原来。

叶晚悠走到玥璃的身旁贴着说："姐妹，你看你的身形很像我很认识的一个人啊！"

玥璃惊讶地问："谁？"

"她名叫月。"

玥璃摇头："你是说那个月阁下？"

"是的。"

"那怎么可能是我呢！我这么普通。"

玥璃心里想到，还好我易容了，不然差点儿被叶晚悠发现自己的另一个身份。

叶晚悠听后向玥璃介绍自己说："姐妹，我叫叶晚悠，是玖焰国的人，你呢！你是哪里的人？为什么没有修为呢？"

"我叫玥璃，是个孤儿。我们村里的一个老者说我天赋不错，可以到帝国学院去学习，所以我就来看看的。"玥璃说着稍微释放出灵力。

"你竟然是王者灵师！"苏言风大惊失色道。

玥璃微笑着点头，又闭目片刻，感受风向的流动，选定了一个偏南的方向。

"帮我保密哦！"

叶晚悠和苏言风一起整齐划一地点点头，玥璃调侃道："你们两个真像！"

进入帝国学院

叶晚悠立马反驳道:"像?我们两个哪里像了?"

"就是,就是。"苏言风也补充道。

玥璃噗笑一声说:"你看,一模一样。"

叶晚悠和苏言风瞪着对方,好像有什么深仇大恨似的,玥璃不小心感慨了一句:"真好啊!"

"……主人,你不是一个人。"洛语突然出声。

在没有任何提示的情况下,只能凭着自己的感觉走。

"叶晚悠,这边。"

玥璃唤了一声,叶晚悠和苏言风抬脚便跟上了。

这个方向有一条向下蜿蜒的羊肠小径,杂草丛生,然后跟他们同路的,还有一个——孤身一人的少女,似乎有些怕生,并不敢与他们靠得太近。

玥璃侧头看了她一眼,那姑娘仿佛受到了惊吓,像小兔子一样瑟缩了一下。

叶晚悠与苏言风对视一眼,两人都没有说话,任由那小姑娘不远不近地跟着。

这条小路蜿蜒崎岖,渐渐地走进了地下,显露出一条还算宽的道路,四周有嘀嗒嘀嗒的水声,上方应该是一片湖泊。里面黑灯瞎火的看不清路,玥璃打了个响指点亮了火把,迈步走在最前面,叶晚悠他们随后跟上。

而那个落单的小姑娘,则拿出一颗硕大的夜明珠照明,晃得整个山洞恍如白昼。

玥璃:"……"

叶晚悠:"好大!"

苏言风:"……"

这个小丫头片子是哪家的?养得这么不谙世事!财不露白的道理都不明白吗?好在是遇见了他们三个,这要是换了别人,指不定生出什么坏心思呢……

四个人沿着洞穴走了大约两刻钟,并没有出现什么危险的情景,但是玥璃却隐隐地察觉到了不对劲,她脚下一顿,看着地上的水洼,他们已经是第三次路过这个地方了。

"怎么了,玥璃?"叶晚悠问。

"我们被困在这里了。"玥璃眉头紧皱地说。

"啊!"身后跟着的女孩突然大叫一声,玥璃猛地回头,正见她跌入了脚下一方水潭中,玥璃身影如魅,两步上前想拉一把,但是却未赶上,那地上的水和女孩一同消失不见了。

"怎么回事?"苏言风快步追上来。

"这里有个迷阵,她应该是破了迷阵被传送到其他地方去了……"玥璃回答道。

玥璃环顾四周,回想着少女刚才站的地方,转身看向少女目光所视之处——一个漆黑老旧的轮盘,看模样是以九宫格八卦阵所排列的。

玥璃将火光朝向那边,仔细看了又看后突然大喊一声:"叶晚悠,这个阵的解法是内转,外坎、离。你去生门等我,那小丫头掉进惊门了。"

"玥璃,我和你一起!"叶晚悠紧张地说。

"听话,你和苏言风在这里,我很快就来找你们!"玥璃抬手跟随那小姑娘按过的痕迹,一一按了下去。

下一刻,玥璃只觉得脚一空,人便跌进了水里,一旁的叶晚悠毫不犹豫地纵身一跳,跟着玥璃跳进了水里。

耳边的声音被水隔开,玥璃感受到旁边的波动,睁眼看过去,见叶晚悠和苏言风朝她摆了摆手,指向另一边。

上方有昏暗的光洒落下来,那个小姑娘正漂在水中慢慢下沉,玥璃连忙朝着那个方向游去……

广袤的森林里,一处平静无波的水面突然涌现波光。叶晚悠率先探出头,接着是苏言风,而玥璃则飞速划动着往岸上过去,把已经昏迷了的少女搬上了岸。

玥璃伸手试探着那姑娘的颈部,一片冰凉,但还是有微弱的脉搏。她双手按压她的胸口,灵力不断涌入,护住其心脉。

"玥璃!"叶晚悠诧异地出声。

片刻之后。

"咳咳咳咳。"一阵剧烈的咳嗽,那女孩呛出了一口水,慢慢地醒过来。

玥璃慢慢地松了口气,退到一边。叶晚悠上前,用治愈之力抚慰着少女的不适。

"谢谢……"少女缓了一口气,虚弱地说道。

玥璃环顾了一下四周,她们现在在一片森林里,阳光散落而下,与刚才的地道截然不同。

"我们这是在哪里?"叶晚悠问。

"我们落入了阵法中的惊门,应该被传送到了相应的位置。"玥璃思索着回答道。

"这个幻境是一个巨大的迷阵,只要找到生门的位置,就可以出去了。"

安静的小姑娘说话了,声音有些稚嫩。小姑娘坐了起来,一双眼睛怯生生地看着玥璃说:"我感受到生门在这个方向才往这边走的,不是有意要跟着你们的。"

"你怎么知道这里是个幻境?"叶晚悠看她或许有线索,索性在她旁边坐下,玥璃也在她的前面坐下。至于苏言风则坐在另一边,把小姑娘给围了起来。

她运起灵力蒸发了自己身上的水,又拉着玥璃的手,将她湿透的一身衣物也烘干。

"你别害怕,我们不是坏人……"玥璃轻声安抚着这个胆怯的小姑娘。

"你们救了我,你们都是好人……"小姑娘重重地点了点头,"我叫云瞳,对阵幻术有一些研究。"

"云瞳姑娘,我叫玥璃,她叫叶晚悠,他叫苏言风。"玥璃点点头,顺便做了介绍。

"我本来以为,破了阵眼就能出去,但是我的力量不够转动第四轮盘。"云瞳有些羞愧地低下头。

"拨动轮盘需要修为境界吗?"

玥璃一愣,云瞳的修为已经在王者灵师的级别了。想起方才的景象,玥璃一阵后怕,她自以为是地把生门留给了叶晚悠,却差点儿害了她!

小时候,她和梦洛总是一起破阵法,却忘了琼梦国的人不需要用灵力就能破解阵法。

叶晚悠笑了笑,拍一拍玥璃的肩说:"别多想玥璃,我与你生死与共,你去哪里我就去哪里。"

心头一暖,玥璃轻笑了一声,揉了一把叶晚悠的脑袋。

"两位姐姐的关系真好,是姐妹吗?"云瞳满脸羡慕地看着两人。

"是挚友!"叶晚悠抢先回答。

玥璃对上叶晚悠的笑容，点了点头说："好好好，你说是就是！"

"小姑娘，能自己走了吗？"苏言风问道。

"言风哥哥，叫我小瞳就好，我没事了。"说完爬了起来，拍了拍自己的衣裳。

云瞳比玥璃和叶晚悠矮了一个头，跟在两个人后面显得身材纤瘦娇小。

"小瞳，我们现在在惊门，你能判断出生门的方位吗？"玥璃闭上眼睛感受风向，同时询问着云瞳。

阵眼靠近生门，要想出去，就需要找到生门的方向。

"这边。"云瞳指了一个方向，玥璃睁眼，正是她感知的方向。

"走。"她抬手拿出一把短剑率先在前头带路。

叶晚悠和苏言风走在中间，云瞳则是摸出一把飞剑断后。

玥璃再一次为她的财力惊诧得双目圆瞪，那剑是天阶下品剑。

"小瞳。"玥璃一边探索着前面的草丛，一边叫了一声。

"怎么了玥璃姐姐？"云瞳警惕地看着四周，应道。

"不要总是拿太值钱的东西，容易惹别人生出坏心思的。"

这到底是哪个世家的千金，放出门之前不知道教一下人心险恶吗？

"玥璃姐姐是好人，不会有坏心思的。"云瞳仰头甜甜一笑，神色是全然地依赖和信任。

"就知道玥璃姐姐！"叶晚悠哼哼一声。

"叶晚悠姐姐也是好人！"云瞳乖巧地应她。

玥璃摇头说："那要是遇到有坏心思的人呢？"

"我会注意的……"云瞳垂着头，小心翼翼地点头应着。

一声嘶吼，四人的脚步同时一顿，玥璃灵识一探，是一头狮子——四阶魔兽。

玥璃松了一口气，却也带着三个人想方设法地避开狮子，并没有与它正面对上。越往外走，魔兽就越多，好在学院的试炼中，没有什么等级过高的魔兽，一路倒是有惊无险。

阵眼里没有死门，最危险的也不过是惊门。按道理说，惊门所在应该是在那片湖的上方，但她们掉进去的时候，却是从下方出现的。

"啊！"一声少女的惊叫声打断了玥璃的思绪，她猛地一回身，便见云瞳被一条藤蔓缠住了腰部，拖到了半空中。

进入帝国学院

169

玥璃脚下一点，飞身而上追过去，拽着云瞳的手腕，指尖一转，手中的匕首就飞了出去，唰的一声斩断了拉着云瞳的藤蔓。

玥璃抱着云瞳腾空落下来，上方的光被遮天蔽日的藤蔓遮盖住，那是一棵活动着的大树，周身都长满了张牙舞爪的藤蔓。

这样的三阶魔树抓住猎物后倒吊起来，分泌一种腐蚀性黏液，慢慢地吸收猎物，除了藤蔓极具韧性，不宜切断之外，没有什么致命的威胁。好在藤蔓虽然灵活，但是触及范围不远，四人加快脚步很快便离开了它的攻击范围。

"小瞳，你的剑呢？"

"玥璃姐姐说不要太惹眼，我就收起来了……"云瞳一双眼睛眨巴眨巴地盯着玥璃看。

玥璃："……"

叶晚悠扶额说："那你拿普通武器出来御敌啊！"

"刚才那个就是最普通的……"

"……"

玥璃没辙，苏言风突然从储存带里取出一把浅绿色的长剑递给云瞳。玥璃看了一眼那把剑也说："你先拿去用。"

云瞳手忙脚乱地接了过来，抱在怀里微笑着道谢。

"谢谢玥璃姐姐！"

玥璃看着眼前的小可爱说："你谢错人了……"

云瞳转身对着苏言风说："谢谢言风哥哥！"

四人一路躲避魔兽的袭击，这些魔兽看着厉害，实则并没有什么实质性的杀伤力。

"玥璃姐姐，这里，我感受到阵眼的力量了！"云瞳惊喜地高呼一声，玥璃三人连忙往那头看去。

一棵可以几人环抱的大树上，缠绕着杂乱的藤蔓，玥璃伸手拨开藤蔓，指尖落在粗糙的树皮上，果然感受到了一股不同寻常的力量，淡金色的光芒流转，树上显出一个轮盘。

"真的呀！"叶晚悠惊喜地拍了拍云瞳的小脑袋以示夸赞。

玥璃拨动轮盘，将方位改换至生门出口，轮盘轻微地响动后，那棵大树发出一道耀眼的光芒，一道闪动的门出现在了四人面前。

午刻，帝国学员报名处。报名处立了两把遮阳伞，伞下的几个负责登记造册的学员和导师正在交流着。这一次会有多少人通过试炼，谁都不知。

突然面前一阵灵力波动，说话的几个人都停下来，惊讶地看向生门的方向。

…………

玥璃抬脚走出来，便见所有人的目光汇集在她的身上，她微微一侧身，给后面的人让路。

"出来了，出来了！真的假的，这才两个时辰吧！"

灵力再次波动，这一次走出来的是梦洛他们那一队的人，梦洛看着正在登记的玥璃，嘴角含笑。

隔着如此遥远的距离，她一眼便落在了嘴角含笑的梦洛身上，会以微笑，两个人都心知肚明，谁也不点破。

玥璃登记完，转身，也要来登记的梦洛已在她面前，他悄悄地在玥璃耳边说："姐，好久不见！"

玥璃没有理梦洛，现在还不是点破他们关系的时候。

六声钟鸣响起，紫苏微愣了一下。

六个人？

这么快？比那个人还快了吧！

紫苏一眼望去就看到了人群中的玥璃，心中妒忌之火再次燃起。登记处再次传回玥璃说："请排队测试一下属性！第一位玥璃。"

玥璃看着眼前的水晶球压制了自己的灵力和属性，把手放到水晶球上时显现出来的是高阶灵者五阶，火水冰三系学员。

目前修为阶段可以分为：练气、筑基、灵者、金丹、元婴、出窍、分神、合体、渡劫、大乘，而每一个阶段可以分为初级，中级，高级，其中初级阶段又可以分为十个阶段。

就是每十个阶级可以升一个阶段。

修炼的灵力可以分为：金、木、水、火、土、光、暗、雷电。

"你们是不是搞错了？玥璃姐姐可不是只有高阶呢！"云瞳反驳道。

"就是，就是。"叶晚悠也补充道。

玥璃拉起云瞳和叶晚悠的手臂小声地说："嘘，我故意的，帮我保密。"

叶晚悠和云瞳这才点点头，登记的那个人也就记下玥璃的信息。

第二个是云瞳，懵懂地把手放在水晶球上一动不动。玥璃在一旁等候说："需要运用灵力。"

云瞳这才再次把手放在水晶球上，显现的是一阶王者灵师，水系。

第三个是叶晚悠，为二阶中级灵者，风系。

第四个是苏言风，为三阶中级灵者，火系。

第五个是梦洛，为二阶王者灵师，水木双系。

第六个是梦洛的暗卫洛奕，为五阶王者灵师，金系。

突然一位年长的导师询问玥璃："玥璃，你姓什么？我记得没有玥这个姓啊？"

玥璃怔了一下，同时呆住的梦洛也看向玥璃。玥璃故意伤心地说："我母亲生我的时候便走了，我只记得父亲叫我玥璃，但是那个时候我只有三岁，然后我是被村长给带大的，村长一直叫我玥璃，我也不知道自己姓什么！"

听到这儿，梦洛甩开手"哼"了一声大步向前走去，玥璃悄悄地望了一眼梦洛，导师好像也被自己打动了，说："没关系孩子，就叫玥璃吧！"

玥璃点点头，抹了抹没有眼泪的眼睛和导师告别之后，来到一片阴凉的地方乘凉。

云瞳擦着眼泪说："没想到姐姐这么可怜，姐姐我把宝物都给你好不好！"

玥璃扶额说："不要，不要，我还是可以养活自己的。"

叶晚悠和苏言风倒是震惊地看着玥璃，玥璃问叶晚悠："怎么这样看着我？"

叶晚悠回想着当天的事情慢慢地说："你说的和太子殿下说的一模一样哦！"

"对的，对的，连语气都一模一样呢！"苏言风补充道。

玥璃心里给云沐霜记了一笔说："我上次在迷归谷见到了玖焰国的太子殿下，是太子殿下救了我一命。"

"嗯嗯，这个也一模一样。"叶晚悠拉起玥璃的手说。

玥璃记恨起云沐霜，问叶晚悠："他还说什么了？"

"没了。"苏言风及时回答道。

"嗯嗯，没了。"叶晚悠高兴地拉着玥璃的手说，"我们真的找到你了，太子殿下说让我们保护你的。"

我真是谢谢他嘞！玥璃心里这样想着，表面上却是："谢谢，挚友。"

她对眼前这些人的议论无动于衷，只是思索着自己出来得这么快，是不是有些欠考虑了。

"恭喜你玥璃，从今日起，你就是帝国学院一年级的学生了，这是你的名牌。"一位负责登记的高年级学生面带微笑，递过去一块雕刻着金色图案的蓝色玉牌，眼中有些好奇地打量着她。

"多谢。"玥璃点了点头。

分班结束后，名牌上便刻下了他们所在的班级和姓名。

"玥璃，一年十一班。"

"叶晚悠，一年十一班。"

"云瞳，一年三班。"

"梦洛，一年三班。"

"苏言风，一年十一班。"

"洛奕，一年三班。"

宣读完，三人便算正式入学了。

"走吧！先去看看宿舍！"

步入帝国学院的大门，青石道路格外宽敞，三人并排而行。

云瞳突然有些伤心，说："玥璃姐姐，你们跟我不在一个班吗？"

玥璃倒是忘了云瞳，叶晚悠拍了拍云瞳的肩膀安抚道："没关系的小瞳，以后你可以随时来找我们玩儿啊！"

玥璃也应了一声说："小瞳，有什么事情可以随时去十一班找我们。"

云瞳低垂着头，闷闷地应了一声。接引的学长还没到，他们只能看着门口的路牌往里走。

一路往里走，道路两旁栽种着樱花树，已经是临冬季节，那些樱花树却满枝头的雪白花枝，纷纷扬扬洒落而下。在这个世界，用灵力控制植物的生长周期并不困难，玥璃做得到，叶晚悠也能做得到。

走到一个路口，几个人站在一起辨认着方位，这时，迎面走来一队人，均穿着一身金蓝交织的校服，为首的女子跟后面的队伍说着什么。

"师姐，前面有人！"

后面的人提醒了一句，为首的女子这才转头看了过来。

"你们是今天的新生吗？"

她惊讶不已地看着面前的三个人，随即脸上洋溢起笑容，快步走上前来。

"我是沁月，今天的新生接待队长。"

"沁师姐好。"玥璃点了点头，算是打过招呼了。

"你们出来得也太快了吧，怎么不在前面等我们过来？"

"你们都分在什么班了？一年二班、三班？或者是一班？"后面跟上来的队员都忍不住惊奇地问道。

"沁师姐，我们在十一班，她在三班。"玥璃将自己的名牌取了下来，递过去。

沁月一愣，后头那群跟着的新生接待也是满脸的不可置信，说："怎么可能，测灵球出错了吧！"

"出来得这么早，怎么看也不像是会被分到垃圾班的人啊！"

"不是还有个三班的吗？说不定是跟着人家出来的呢！"

"行了，都闭嘴！"沁师姐呵斥了一声，制止了议论。

"咳咳，不要介意他们胡说八道。"

# 消失的梦洛

## 1

沁师姐有些尴尬地咳嗽了一下,转过身,开口指派了一个人。

"你去带这三位同学,去十一班的宿舍。"

"至于三班的云瞳同学……"

她话还没落,后头那群新生接待就迫不及待地举手说:"我,我,让我去吧!我对那边熟。"

"一班、二班、三班、四班的宿舍在一起,说不定还能看到吴师兄!"

不明所以的热情吓得云瞳往后缩了一下,直往玥璃身后藏。

"都别吵,像什么样子?"沁月皱眉,最后只派了一个模样清秀温和的女生领着云瞳走了。

那群人大失所望后,也往校门外的方向去了,留下一个身材高挑的女生说:"走吧。"

一路无语,那个带路的女生似乎很沉默,只在路过岔口时才会给她们介绍必要的建筑。一炷香的工夫,穿过曲折的学院小路,四人抵达了十一班的宿舍门口。

"就是这里了,今晚入夜后会有一场迎新会,你们到时候记得过来就行。"

师姐停在门口,转过身,公事公办的态度,倒也没有看不起人的意思。

"谢谢师姐。"玥璃三人齐声道谢。

"对了师姐，刚才我听说十一班是垃圾班，学校里是这么定义的吗？"叶晚悠有些忐忑地叫住了师姐。

她自己的水平她心中有数，还连累了玥璃……

师姐没想到她会这么问，沉默了片刻，她看起来并不擅长跟人交流，好半晌，才说道："事在人为。"

这句话已经算是回答了叶晚悠的问题，她的眉头轻皱，抿嘴凝望起十一班的宿舍来。

师姐没有再看三人，打算离去。玥璃眼底的光冷了几分，男生宿舍在隔壁苏言风先往隔壁走了。

两人进了宿舍楼，办理过相应的手续后，终于进到屋子里面，帝国学院的宿舍很宽敞，两室一厅的配置，一间屋子里两个床位，十一班一共配置了四间宿舍，是所有班级里最少的。

玥璃粗略地计算了一下，也就是说，十一班的女生从未超过十六人，两人左右打量了片刻，条件倒还算不错，就是不知道室友怎么样。

刚才办理入住的时候，问过关于宿舍是否可以养灵宠的问题，宿管说只要室友说没问题，灵宠作为帝国学院的必修课，自然是可以养的。

暮色黄昏，两人坐在宿舍的大厅里泡了一壶茶，玥璃有些不解地看了一眼计时的刻漏，这都快日落了，为什么还没有室友到？总不能……十一班就她们两个女生吧？

"叶晚悠，收拾收拾准备出去吧，不是说晚上有迎新晚会吗？"玥璃放下茶杯，看向叶晚悠。

叶晚悠有些迷茫，听了玥璃叫她茫然地看过来说："什么？"

"我说准备出去参加晚宴。"玥璃看她心不在焉，大约知道她心中的顾虑，说："叶晚悠，我并不是因为你才留在十一班，我的身份是编出来的，即便经得住查证，但是还是有不少人看得出，再说了我有一个这么好的朋友。"

玥璃倒了一杯水递给叶晚悠，继续说："我来帝国学院不为出人头地，我只是来学习一些基础知识的。分到吊车尾的班级正合我意，越低调越好，引人注目了就麻烦了！"

"玥璃，我从来没有问过你的身世……"叶晚悠握紧手中的杯子说，"但我现在想知道，你不惜混在最差的班级也要隐藏的到底是什么样的身份？"

不是好奇，而是担心。

她相信，无论玥璃是什么样的身份，皇室，或者逃亡者，都会永远保护她！

"哎，你可知道，紫眸少女？"

玥璃指尖轻点桌面，片刻后才说道。

"你是说……那个传言？"叶晚悠怔了一下，当年的那个琼梦国的公主？

"是，我就是那传言里的主角，正确来说现在是一名逃亡者。"玥璃点头说道。

"那梦洛怎么……"

玥璃握住叶晚悠的手说："我易容了。"

这些年，想必你过得很苦吧……

"我不清楚其他几国的想法，但我恨他们，是他们将我拉下万丈深渊，所以我才要让自己尽快变得强大起来。"

叶晚悠听了这句话只觉得心惊肉跳，她无意识地握紧了玥璃的手。玥璃看着叶晚悠的反应说："你会帮我保密的，对吧！虽然以后这个会让你遇到危险，不过我相信自己一定会保护好你的。"

"我也是。"叶晚悠有些高兴地说，"我保证。我像会在乎这种事情的人吗？你就是你，无论是什么身份背景，都永远是我的挚友。"

无论以后会对上什么厉害的人，她都愿意跟她共进退。

"谢谢，我很高兴，叶晚悠。"玥璃的眼眶有些发热。

"谢什么？你愿意对我敞开心扉，把隐瞒的事情告诉我，是我该高兴才对嘛！"叶晚悠轻笑一声，牵着玥璃的手站起来。

"走吧！太阳下山了，宴会要开始了吧？"

质感坚硬的木门被拉开，两人同时从屋内走出来，正对上从楼道上来的两道身影。

"梦梦，你慢点！"

四人迎面对上，那个被叫梦梦的少女一双眼灵动地上下打量着玥璃二人。

"你们好，我叫陈梦予！十一班的。"

"我叫朱念嘉，十一班。"那笑意温和的少女也朝着玥璃两人点了点头。

"玥璃，叶晚悠。"玥璃自我介绍回应，"也是十一班的，很高兴认识你们。"

"你们住哪间屋子？"陈梦予左右看了看问。

"三号。"

"念念，我们住四号吧，我记得宿管说在我们之前登记的只有两个人。"

"好，听你的。"

短暂的插曲过后，两人便下了楼。

"看来不用征求宿管的意见了，三号就只有我们。"叶晚悠感叹了一声。

两人来到会场的时候，天色已经完全黑下来了，宽阔的广场上坐满了人，晚会已经进入了热场的状态。

玥璃和叶晚悠两人在人山人海中找了好一会儿，才找到一年级十一班的位置，随着一道响彻大地的钟声，晚宴正式开始。

吴泊茗看着场上的表演，并没有太大的兴趣，而稍微让他有点儿兴趣的是边上的几个十一班的学生。

除了还未到场的，就是已经见过面的两个女孩子、三个男孩子。

玥璃的目光扫过场中的几人，眉头轻挑，实在觉得有意思。

目光不经意间与前排的那个少年对上，他转过头，非常自来熟地凑上来搭话：

"三位同学，你们好，我叫蓝君翊，是一年级十一班的学生。"他笑意爽朗，指向另外两个男生说，"这位叫田呈安，那个看着有点儿腼腆的叫红子夜。"

玥璃礼貌地笑了笑，回应道："你好，我叫玥璃。"

"你好，我叫叶晚悠。"

"你好，我叫苏言风。"

叶晚悠心不在焉地打了声招呼，打了个哈欠看向玥璃说："玥璃，我们什么时候回去？"

蓝君翊看着她们二人相熟便问："两位是认识吗？"

"是啊！我们可是挚友。"叶晚悠一说这个就来劲了。

"哦？能跟好友一起同窗，真羡慕你呀！"蓝君翊感叹道。

玥璃看了一眼聊在一起的三个人，轻笑着摇了摇头。

晚宴结束后，几人互相告别，玥璃和叶晚悠出了学院，去了客栈退房后又回到学校。

"玥璃，我都打听清楚了，陈梦予和朱念嘉是水系的，境界和我差不多。"

回程的路上，叶晚悠开始跟玥璃讲起今天的收获。

"那蓝君翊呢？"苏言风问。

"他吗？不好说，油嘴滑舌的，不可信。"叶晚悠摇了摇头说。

"我看你跟他挺聊得来的。"玥璃笑着说。

玥璃脚步一顿，目光落在前方路灯下一道身影上。

"那他呢？"

叶晚悠一转头，表情有一瞬的僵硬："你怎么也在这里？"

"两位姑娘，我们又见面了。"

他身边跟着一个神色冷淡的青衣男人。

"天色不早了，两位姑娘还是早些回去休息吧！"

第二天一大早，叶晚悠和玥璃找到十一班的时候，对面宿舍的女生已经到了。这个班一共有八个人，四个男生，四个女生，分别零零散散地落座在教室的各个角落。

蓝君翊轻车熟路地给所有人打了招呼后陷入了短暂的安静。

"我们的教导主任是迷路了吗？"蓝君翊疑惑的出声。

"不好说。"叶晚悠回答道。

"这里也太偏僻了吧！"陈梦予搭了一腔。

哗！

一声轻响，紧闭的教室门被推开，迈步走进来一个年轻的男子，笑意如春风，手上抱着几本典籍说："我似乎听到有人在编派我？"

叶晚悠面色一变，神情如遭雷霆。

"你就是我们的导师吗？"陈梦予满眼惊喜地说。

年轻男子将手里的典籍放在讲台上，用手指敲了敲桌面说："十一班的同学，大家好！"

他的目光落在最后一排的玥璃身上，玥璃正因为惊讶而瞪着眼睛。

"我是你们的任教导师，宇辰。"惊讶过后的玥璃伸手拍了拍叶晚悠的肩，无声地安慰。

"那么玥璃同学，你愿意与导师一同带领十一班，在三个月后的学院大比上将十一班晋升为精英班，走向美好的未来吗？"宇辰的笑意一如既往地无害，但是说出口的话怎么听着……

"哈?"

突然被点名的玥璃一脸茫然不解。

"我刚才说的你都没有在听吗?"宇辰眉头一挑,一双眼有些危险地眯了一下。

"还有,被导师点名,要站起来回话。"

玥璃叫苦不迭,但是这兄弟怎么拿熟人开刀?

玥璃站了起来说:"抱歉导师,刚才在看学校的史料。"

"既然是跟学习有关的事情,那就原谅你了。现在你愿意成为十一班的班长,带领十一班走向巅峰吗?"宇辰再次问了一次。

他提出来要求要十一班的时候,整个学校高层都严词拒绝了……他,他已经放了话,三个月后的学院大比之上,十一班必将一鸣惊人。

"请容我拒绝……"玥璃想都不想地驳回。

"真可惜啊!听说这次学院大比的魁首可以进入绛星秘境呢!"宇辰摇头叹息道。

玥璃心中一喜,从叶绮国离开时女王殿下在玥璃耳边说绛星秘境里有似乎母亲的信息,因为那是母亲所创造的秘境。

"导师,我十分愿意成为十一班的班长,并带领十一班摘下学院大比的桂冠,不给你丢人。"玥璃赶紧抢道。

"各位同学,为了十一班的荣誉一起加油吧!"玥璃目光严肃地扫过班上的同学说道。

叶晚悠:"怎么回事?"

宇辰双眼微眯了一下,带着笑意带头鼓掌。叶晚悠虽然不解,但也紧随其后跟着拍手,陈梦予和朱念嘉也反应过来跟着拍手。

"班长,新生的书籍需要去书库管理员那边领取,晚些时要麻烦你跑一趟了。"

玥璃在稀稀拉拉的鼓掌声中点点头坐了下来,思绪却被绛星秘境一事带远。

如今有了进入绛星秘境的机会,她定然不会错过,这次的学院大比第一名十一班要定了!

玥璃就这么接下了十一班班长的职务,但是手中记录的十一班的成员的各项数据又让她无法放松。

除了叶晚悠和苏言风，原来十一班的其他成员都是特意压低了修为混进来的，具体什么原因就不得而知了。

十一班汇集的几个人，想来都各有手段，没有一个是简单的，玥璃轻易地看穿这些人的伪装，自然是因为她本身的修为高出这些人太多。

十一班团建时玥璃给每人分发了一瓶五级洗髓水，众人用奇异的目光看向玥璃，也包括宇辰。

叶晚悠最先说："你这洗髓水哪里来的？"

"我是炼药师，你没看出来？"玥璃摆手一本正经地说，"学院大比一定要赢，大家一定要突破啊！"

宇辰看着洗髓水说："是五级洗髓水？可是我们实力不够啊！"

"嗯，谁说只有万事俱备才能出发，闯荡江湖未必身披铠甲，一个勇字也能浪迹天涯。"玥璃点头说。

十一班的七人顿时由衷地尊重起玥璃，同声说："好！"

时间飞逝，学院大比前夜，迎来了星云镇的第一场雪。玥璃洗漱过后，推开卧室的门走出去。

帝国学院的殿前广场熙熙攘攘挤满了人，偌大的广场上搭建了八个擂台，分别对应八个赛程。

场下的学生个个热情激荡，丝毫不受大雪的困扰。玥璃站在人群里，披着一件厚重的紫色斗篷，白绒边，衬得她的小脸绝艳，打了个哈欠，等待赛程开场。

这场大比是十一班名扬帝国学院的日子，但作为班长的她却没报名任何一场比赛，她担心暴露实力，引起对手的警觉就不好了，她相信十一班的战友能够代替她。

砰！

一声钟鸣响起，学院大比正式开始。

为期两日，从帝国学院数百人之中，选出最优秀的十个人。此次大比不分学年，所有学生均可以参加比赛，优胜班级可获得进入绛星秘境的资格，并且晋升为最强精英班级。

"开始了，开始了，你说今年哪个班会胜出？"

"二年三班有吴泊茗学长在,确实很有潜力,但我还是选择二年六班的紫苏学姐!"

玥璃斜了对话的几人一眼。

赛程已经开始了,根据赛制,文试最先开场。

殿前广场极为宽阔,玥璃在场下看着阵法,与其他班级一同奋笔疾书的陈梦予,见她一如既往地不骄不躁便放下了心。顺着广场中间的过道往里走,便是红子夜的灵兽场。

红子夜晋级后高兴地大喊:"班长,我晋级了!"

玥璃对他挥手算是回应了他,心想赶紧离开这个尴尬的地方,于是挤开人群,到了比武擂台。

比武是帝国学院最受欢迎的赛事,也是最直观的实力展示。玥璃在人群中挤了好一会儿,才看到前头已经比试结束的朱念嘉正朝她招手。

"怎么样?"

"轻松晋级。"朱念嘉得意地说。

玥璃游走在各个擂台之间,看着自己班的几个伙伴成绩一路上涨,心情格外好。以至于在丹药擂台遇见紫苏的时候,直接无视了她。

"班长,今日的赛程结果如何?"宇辰看见了玥璃,便跟上来问道。

"回导师,目前为止,全员晋级!"说着几人一同到了灵宠擂台。

陈梦予咧嘴一笑往十一班走去说:"班长,完美晋级,等明天的决赛了。"

第一天的赛程渐渐接近尾声。

"班长,你为什么不去参赛,要是你去的话,一定能惊艳全场!"陈梦予好奇地问。

"班长低调,不喜欢出风头。"叶晚悠替玥璃回答。

"我看不像,班长这是在保存实力!"蓝君翊摇了摇头说。

"这一届学生真是让我放心。"宇辰唰的一声打开折扇扇了扇。

第二天,学院广场依旧是人山人海,时间尚早,十一班的众人聚在一起说话。

"不要有压力,你们都很强。"

玥璃站在中央,率先伸手在中间。叶晚悠立马明白了,伸手搭在玥璃手上。其他人也明白了意思,纷纷效仿。

玥璃抬手按在最上面，往下一拍，给众人打气。

第二天，玥璃也是忙着游走，直到听见"轰隆"一声。

"各位学生，请前往中央广场观看本次学院大比的总结。"

一道浑厚的声音响彻整片广场，人群开始涌动。

"班长，其他人怎么样？"宇辰问。

玥璃弯唇笑了一声，没有说话，但眼底的笑意已经说明了一切。

台上围坐着几个学院的高层领导，个个看着手上的结果，都是满脸的复杂之色。

"咱们导师，也是学院的高层吗？"蓝君翊问。

"不知道。"玥璃抬头。

"你不是专业的吗？"

玥璃："……"

眼看人到得差不多了，一个老者有模有样的演讲总结了本次的大比，周围掌声响起，玥璃等几个人也跟着鼓掌，每个人的脸上都带着笑意，即便是在今后众人会各奔东西，大家也都会忆起这段美好的时光。

"那么，有请本届学院大比，各项赛程的第一名学生，上台领奖！"依旧是那道声音。

"文试第一名：一年级十一班，陈梦予。"

四周"轰"的一声炸开了锅一般："我没听错吧！一年级十一班，那个垃圾班的人？"

在众人不可置信的目光中，陈梦予抬脚走上了台，万众瞩目，负责颁奖的领导刚站起身，被宇辰一手挡住说："我们班的学生，还是让我来颁奖吧！"

他的学生，他来颁奖，合情合理。

宇辰颁奖完转身，停在了摆放玉牌的托盘边上，并没有再坐回去。就在台下众人疑惑不已时，主持人再一次开口："灵宠大赛第一名，一年级十一班的朱念嘉！"

"怎么回事！这个垃圾班又出了一个第一名？"

"这哪里是垃圾班，分错班了吧？"

朱念嘉一蹦一跳地上了台，从宇辰手中接下了玉牌，笑眯眯地站在陈梦予的旁边。

消失的梦洛

"炼器第一名：一年级十一班的蓝君翊！"

"阵法赛第一名：一年级十一班的红子夜！"

"丹试第一名：一年级十一班的叶晚悠和紫苏，并列第一！"

随着台上的畅读，十一班的大半人都上了台，场下的人都惊得合不拢嘴了。

"又是十一班，冠军是被他们垄断了吗？"

帝国学院每年选一次精英班，精英班的学生在学校的各个地方都会有一定的特权。

"现在有请十一班的导师上台，领取班级荣誉！"主持人大声喊。

"我负责此次的颁奖，此事就由班长代劳吧！"宇辰双手捧着那块象征着精英班的牌匾说。

主持人略加思索后大喊："十一班班长，玥璃，请上台领奖！"

被点名的玥璃并不知道还有这么一出，一时间有些错愕，直到田呈安从背后推了一下玥璃，她才往台上走去。

台下议论纷纷，玥璃接过宇辰的牌匾站在舞台中央。学院大比过后，一年级十一班便成了人人羡慕的精英班。

第二天一大早，玥璃发现蓝君翊和红子夜没有到教室。

她疑惑地看向苏言风："怎么回事？他们人呢？"

"好啊！他们一定是旷课了，这么好的事情居然不带上我？"陈梦予回头看了苏言风一眼。

"……他们，昨天跟人家起了冲突，被罚打扫学院了！"苏言风交代。

"跟谁起冲突了？"玥璃问。

"一年二班的，他们也被安排到另一边教学楼清扫了。"苏言风弱弱地说。

"就是那个输了二十块上品灵石给我的班级？"玥璃冷笑了一声。

"什么时候的事？"叶晚悠问。

"不是在赌哪个班级赢吗？我全押在十一班了。"玥璃一脸乖巧地说。

玥璃活动一下脖子，站起来交代："苏言风，一年级二班的人，被分在哪个教学楼？"

"四号教学楼。"

"陈梦予，帮我跟导师请假。"玥璃伸手搭在腰间的鞭子上，抬脚便往外走去。

"玥璃，我与你同去！"叶晚悠连忙跟上。

"我们也去。"

剩下的几个人唰的一声站了起来。

"今天不行，你们都走了，大家一起旷课吗？刚升的精英班，传出这样的消息可不好。"

玥璃的目光转向叶晚悠："叶晚悠，他们觉得可以以我为突破口，让十一班被抹黑，那我要让他们知道，惹怒我绝不是什么明智之举。"

杀气陡然出现，叶晚悠莫名地感受到一阵寒意："好，我知道了。"

她怎么忘了，她家玥璃，也不仅仅是玥璃呀！

玥璃一路冷着脸，快步走到苏言风所说的四号楼。正是上课时间，楼道里看不见其他学生，只有几个人零零散散地挤在一起，提着扫帚扒拉着地面，有一搭没一搭地说着什么。

玥璃冷笑一声，看到了那个给她写下欠条的学生。

"木少爷，你快看，十一班的那个废物来了！"那堆人里有眼尖的看见了玥璃连忙指着说。

"哟，有点儿胆子，敢一个人过来找我？"木戚把手上的扫帚一扔，双手合在一起，指节掰得咔咔响。

"一个废物也敢来我们木少面前找存在感，不想活了？"

玥璃听都没有听一下，一抬手，手上便出现了当日他签下的那张欠条说："哦？是吗，不过呢我是来要钱的。"

木戚的脸色一下子就难看起来，说："大比当日我不过是碍于人多眼杂，才不得已签下欠条，你识相的话，就乖乖把它交出来，说不定我心情好了，还能放你一马。"

"哦！这么说，木少不想认账了？"

玥璃慢慢地开始读起欠条，木戚气得脸都肿了伸手就要去抢。玥璃指尖夹着那张欠条，在手里一转收进了洛笙玉佩里。

木戚迎面一拳朝着玥璃砸了过来，玥璃身形轻飘飘地一晃，一脚过去，直接踢在了木戚的膝盖弯处，木戚被踢得站不稳，摇晃了一下跌下去。

"你们愣着干什么，给我打！"木戚怒喝一声。

玥璃负手而立，在人群中一阵躲闪，那群人连她的衣角都没碰到，玥璃伸手解下腰间的长鞭，在人群中一鞭子呼啸而去，那几个人躲闪不及都挨了一下，被打到的地方顷刻间刺痛难忍。

"说，是谁指使你找碴儿的？"玥璃走到木戚面前问。

木戚突然取出纳戒里的法器，朝着玥璃便冲了上来："我杀了你这个废物！"

玥璃抬起鞭子挡住他的剑，狠狠一脚踢过去，那木戚撞在墙壁上，这是毫无悬念的，实力碾压。

玥璃身形一晃便出现在了木戚面前，不等他反应过来，抬脚踩在他胸口，让他无法动弹。

"是紫苏学姐，说你得罪她，我要是收拾你，玖焰国一定会对我另眼相看的，还说你怕了，就不会再让我还钱……"

## 2

"那你来找我呀，去找其他人干什么？"玥璃冷冷地问。

"学院里的人都知道我欠你钱，我明目张胆地找你，不是落人话柄嘛！"

木戚瑟缩着，他觉得自己是瞎了眼，才会认为这个女人好欺负、十一班都是怪物，他刚才感受到玥璃身上有一股无形的压力，比起家里的族长，也不多让……

"行了，走吧！"玥璃收回动作，将那长鞭系回腰间往回走去。

好一招杀鸡给猴看，真是小看她了！

玥璃找上门打了一年级二班学生的消息很快被散播出去，不过半个上午，学院里便传得沸沸扬扬。

中午食堂里，大家议论的都是这件事。

紫苏的面色却是有些难看，勉强扯了扯嘴角保持着自己的形象，心下却在暗骂一年级二班的那群废物，连个小丫头片子都打不过，竟然还好意思到处说！

她倒要看看，这个玥璃，到底有什么能耐！

下午，进入绛星秘境的时间到了。

"此次秘境，十一班将有提前进入的名额，我在外留守，七日后回归，一共八个人，你们……"宇辰的目光扫视过十一班众人，皱了皱眉。

"一个也不能少。"玥璃补充道。

"这是传送符,在遇到无法对抗的危险时,用灵力就能传送回绛星秘境的门口。"宇辰将传送符分发给学生们。

嘭——

一声钟鸣声响起,目光转向那海域上雷电缭绕的绛星秘境,一扇古朴的玄色大门缓缓打开,人群渐渐涌动,玥璃在前,叶晚悠在后,十一班众人缓慢踏足进去。

一道刺眼的光芒闪过,玥璃下意识眯眼,再睁眼时,便出现了一片广阔的丛林,一望无际。

身边跟随而来的,是帝国学院其他的同学,自然也包括紫苏等人。玥璃看了看叶晚悠,又看了看蓝君翊,据她所知,这两人来秘境都是有目的的。

"绛星秘境广阔,四周都是天材地宝,不如我们分开探索?"玥璃提出。

这话算是说到一些人的心坎里了,其中怀有其他目的的不在少数,当下便同意。

玥璃的目光转向了叶晚悠。

"我和你一起!"叶晚悠连忙开口,生怕被玥璃撇下。

"我也一起?"苏言风下意识地出声,被叶晚悠一眼瞪过来,只得收了声。

没想到宇辰也跟了过来,玥璃问:"导师,你怎么也来了?"

宇辰看着玥璃说:"收集天材地宝。"

"既然如此,就自主分队各自探索,各位觉得如何?"宇辰轻咳了一声,看向其他人。

学生们均无异议,很快,人群三三两两地分开,各自挑了地方前去探索。

紫苏与玥璃擦肩而过时,紫苏伸手微笑着说:"玥璃小姐,秘境危机四伏,还请小心。"

这是一句关心的话,但是从紫苏口中说出来,却莫名显出其他意味。

"彼此彼此。"玥璃也回了一句。

十一班分开,玥璃的身边只有叶晚悠和苏言风,另外没队可分的蓝君翊和红子夜、导师也往这边走了过来。

如此,一行七人便朝着森林中走去。

几个人走了一会儿,进入了一个遮天蔽日的林子里,这片的树木明显比他们先前路过的要高出许多,事有反常必有妖。

玥璃走在最前面,指尖置于腰上的长鞭上,四周静谧得可怕。

"唰唰唰!"

一阵类似游蛇的声音,从四面八方传出来,这是,被包围了……

玥璃当即放弃了用长鞭的想法,指尖一抬,匕首从她玉佩里飞出来,凌空幻化成长剑。

众人警惕戒备,纷纷拿出自己的武器。只见四方八面长长的红色藤条,呈包围状袭击上来,几人连忙提剑挥砍,却被弹飞出去。

"这是柳樟树!"玥璃提醒道。

"血柳樟,传说中的九阶魔物。"宇辰补充道。

他猛喝一声:"快退出去!"

玥璃目光一转,紧握长剑的手微微一松,一条血色藤蔓飞快地缠上她的脚踝,拽着她往一个方向拖去。

"玥璃!"叶晚悠惊呼一声,抬脚就要往上追,却被几根藤蔓挡住。

宇辰一把拉住叶晚悠:"她不会有事的,先离开这里。"说着揽着叶晚悠的腰腾空而起,向后飞跃出去。

"玥璃!"他高喊一声。

他看得出她是故意甩开他们,意欲独行,应该是有其他的事情要办。但是绛星秘境危机重重,玥璃选择独身一人实在太危险。

玥璃看着一路往自己这边过来的蓝君翊,大概明白了他的好意,但她不能停下来等他,她接下来的事情可上不了台面……

眼看不见了叶晚悠的影子,她索性一刀斩断了围绕着她的藤蔓,纵身一跃跳上了一棵树,足尖一点,朝着某个方向飞驰而去。很快,蓝君翊便跟丢了,在跟丢之前,他看清了玥璃的身手,似乎一瞬间悟了。

玥璃踩着树干,很快便穿过了这血柳樟林,玥璃呼出一口气,伸手擦拭过额间汗珠,收起匕首。

一路走过,植物草木都有破坏打斗的痕迹,不难看出前进的方向,现在紫苏对玥璃的吸引力在某种意义上是很重要的。

然而在追上紫苏之际,玥璃先遇到了另一个熟人。

玥璃看着下方隐匿在暗处跟着一队人马的梦洛,有些不解。

那一队大概有二十多人，其中包括她一直在追踪的紫苏，玥璃远看着她柔声细语地与旁边的人说话，眉头一皱，随后又松开。

那一行人还在前行，玥璃正准备抬脚跟上，便见暗处的梦洛猛地扭头往这边看过来，玥璃反应迅速地藏回身去，背靠着树干屏住呼吸。

好敏锐的目光，距离这么远都能感觉得到她的视线！

看来又长进了呢！她的好弟弟！

玥璃等待紫苏稍微落后一点儿便启用引梦符，紫苏陷入了幻境之中，她发出尖锐短促的叫声。玥璃并不知道紫苏看到的是什么，轻描淡写地打了个响指。

一阵火焰瞬息间围绕了紫苏，化作一捧细灰。

"紫苏，这就叫以牙还牙。"玥璃落在地面上，踩着那一地白灰笑了一声。

解决完紫苏，正想着要怎么面对梦洛时，体内某个地方一阵松动，一道封印被解开，像什么瓶颈被突破了一般。下一刻，玉佩里沉睡了好久的暄火从玉佩里化作小鸟飞了出来。

"主人，我醒了！"暄火兴奋的声音响起。

它围绕着玥璃转了一圈又一圈，亲昵地蹭着玥璃。

"主人，我好想你呀！"

玥璃伸手摸了摸它的脑袋。

感觉到有人来了，玥璃便赶紧藏匿在一棵大树上面，远远看去是一群黑衣人。玥璃能感觉到那群黑衣人修为高强，在慢慢地看清他们衣服下摆的织金云纹时，眉头一皱。

"秘境里怎么会有魔族的人？"

"魔族都是心狠手辣之辈，你那小朋友跟在他们后面是想干什么？"梦洛突然在玥璃身后问道。

玥璃已经差点儿要掉下去了，却被梦洛一拉说："姐姐站好。"

"要不是你吓我……"玥璃皱眉继续说，"不管他们想干什么，我得去把他们抓回来！"

说罢，不等梦洛的回应，身形一闪就往叶晚悠的方向疾驰而去。

然后，梦洛就跟上了玥璃，看那模样是要同行了。

玥璃摇头问："你跟来干什么？"

"保护我唯一的姐姐。"梦洛一本正经地回答。

玥璃看着梦洛的身影说："你已经做得很好了，真的！"

梦洛："可是姐姐……"

我还是无法光明正大地站到你地身边啊！

一路上玥璃没再说什么，目光远远地落在一群黑袍人中的墨绿色女子身上，不出意外的话，叶晚悠跟着魔族的原因就是因为她。

紧接着感叹道："这群魔族都不用休息的吗？"

"走。"梦洛看向叶晚悠说道。

走了大概两个时辰，森林的变化越来越大，从翠绿遍布的绿植到凝满寒霜，越走下去，就越冷。

刹那间，四周的冰面开始震动。

玥璃皱眉并在这强烈的震动中稳住身影，远处的冰面上，一座小山般的巨兽，破开层层坚冰，向玥璃袭来。玥璃还没做出反应，梦洛替玥璃接下攻击，被摔入忘川河之中。

"梦洛——"玥璃大喊。

可没有人回答玥璃的话，强大的威压，直击人心。

玥璃一心都是梦洛，顾不上其他的了，一时竟呆在原地，想要去找梦洛时，叶晚悠的话让她恢复了理智。

"玥璃，你认识梦洛殿下吗？总觉得你们两个好像已经认识很久了的样子！"

玥璃看着梦洛的方向，平复好情绪后说："认识。"

魔族成员分别找好位置，光阵闪现，随着苏御一声令下，将那困在阵中的巨兽砍得七零八落，碎了一地。

"守护兽已经被击杀了，我们快去找灵芝吧！"叶晚悠看向玥璃满眼的期待。

木讷的玥璃眨了眨眼睛，抬脚跟上了魔族的队伍，魔族众人见首领默认她尾随，便也没有再阻拦。

玥璃悄悄地往四周看了看都没有看到梦洛的身影，一滴眼泪不自觉地流了下来。

弟弟……

一行人走了片刻，叶晚悠突然大喊："是灵芝！"

随后快速蹲下，抱起一株灵芝，铆足了力气往外拔，玥璃摇了摇头。

苏御迈步走近长势最好、年代最久的灵芝摘了下来，对着边上的几个魔族成员一点头。那几个魔族成员对视一眼，纷纷拿出武器，将那遍地的灵芝尽数摧毁。

叶晚悠抱着她怀里的灵芝带着恐惧摇头后退。

苏御将最好的灵芝往纳戒中一放，冷冷地看了一眼叶晚悠，提剑直刺而去。

"咣！"

一个声响，苏御的剑被挡了下来。

挡在她面前的是玥璃，而玥璃手中拿的是璃王剑。

"玥璃姑娘，请让开……"苏御皱眉。

"你认得我？"玥璃有些惊讶，她拿出璃王剑，就是想套个近乎的。

叶晚悠双目一转，抱着灵芝转身就跑。苏御收了剑，抬脚就要追。玥璃手中长剑一侧，封住他的去路。

"那姑娘与我有些渊源，要杀她，先过我这关。"

苏御有些为难，朝其他魔族成员使了个眼色，那些魔族成员见状，抬脚就要往叶晚悠的方向追。

"等等！"玥璃连忙开口阻止。

没想到那些魔族成员真的停了下来，心下疑惑。她收了剑，朝苏御拱了拱手说："这位先生，还请给我朋友留一条生路，可好？"

她一抬手，面向她的那几个魔族成员猛地便跪了下去。

玥璃："……"

苏御叹了一口气，半跪下对她行了个礼。

"你们这是做什么？"玥璃茫然地问道。

"姑娘手上的纳戒，是我魔族的圣物，见到它如见尊上。"苏御解释道。

那几个跪下去的魔族成员纷纷叩首行礼，玥璃有些心虚地把手藏了藏，说："你们先起来，其实这东西是我从云沐霜那里坑来的……"

几个人刚打算起身，一听到她的下一句话吓得又跌了回去。

"姑娘，不可直呼尊上的姓名。"苏御皱眉。

几人起身，玥璃将手上的纳戒取了下来说："那既然这么重要，你们就替我还给他吧！"

没有人接，玥璃点了点头说："真的是我偷来的。"

苏御看了玥璃片刻才说:"姑娘,若尊上不愿,这纳戒绝不可能落到他人手中,还请姑娘自行归还。"

"那行,云沐霜,他现在在哪里?"

"尊上的行踪属下不知。"苏御摇头。

玥璃有几分失落,还以为现在可以见到云沐霜呢!耸了耸肩膀,说:"缘分到了自然就能遇到了吧!"

黄昏来临时,玥璃一个人刚好走出水底,站在洞口前,看着天空中被夕阳烧成桃花色的薄云……

突然感觉自己的身体在往下沉,玥璃急忙闭住眼睛,心想看来是要回去了。

一个身影出现在玥璃前面,他缓缓抬头,那张完美的脸展现在玥璃的眼前。他有些迷蒙的眼眸,若星光璀璨,可又清澈,眼中只放下了心间一人,明明白白地印刻这一人的倒影,薄唇轻勾,如此精致的容颜,是个人都招架不住的。

云沐霜拉住玥璃的手说:"可不可以不走?"

她真的很想他,但是她也很想回去。

"就是我走了,也会有真正的玥璃替我在这里活下去,所以云沐霜放手吧!"

梦洛我知道你还没死,希望下次我可以护你一世!

此忘川非彼忘川,我会等你!

国无人莫我知兮,又何怀乎故都!

时缤纷其变易兮,有何可以淹留!

盼你叶落归来……

玥璃一睁眼,发现周围迷迷茫茫的一片白色。这时,她的闺蜜乌米大大咧咧地跑过来说:"玥璃,你怎么样了?我发现你的时候,你倒在阁楼里,医生说你低血糖昏倒了,现在感觉怎么样了?"

玥璃双手扶着床坐起来问:"今天几号?"

我说我去替书中的玥璃活了一次,这话你会信吗?这终究是一场梦吗?

乌米敲了一下玥璃的脑袋说:"睡了三天,不会是变笨了吧,你可不要吓我!"

已经过了三天了吗?

"既然你已经醒了,那就出院吧,我去给你办出院手续。"乌米高兴地说。

"好,谢谢。"

人生是一场负重的狂奔，我们没有回头的余地，更不能说起扭转事件的因果，我们能做的是专注于当下的时光，拼命地奔跑。

如果自己的思绪没有进入书中的话，恐怕书中的玥璃在亡国之时就已经随着国家死了。

玥璃扶额，书上的那些人物映在眼前，总觉得还会再遇到他们。

这时，乌米急急忙忙地跑过来说："玥璃，你弟弟醒过来了！"

"真的？"

"你弟说他想要见你。"

"好，马上就去。"

我们最想夸赞的事物，就是我们所拥有的事物。

不要问我的心里有没有你，我的记忆里都是你。

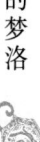

# 后 记

人间值得你留恋。

不知什么原因，我十分喜欢黎明的那一刻。我爱"黎明"这个词本身，喜欢这个词中坚强的希望，以及藏在声音中的声调，爱黎明如陨星穿破暗夜给我们带来无尽的幻想。

我很幸福，从小就喜欢读书的我走上了写作的路。我的初衷是写一些小故事，没想到有一天我也会像我崇拜的作者那样踏上这条充满未来的泥泞小路，不过，我不后悔，我很高兴与大家见面。

对人来说，黑夜中每个人的心中都有一颗闪闪发亮的星星。在我家，家里的藏书阁让我丰富了对小说的幻想。从白雪公主被我改写成红雪公主的那一刻，我就已经踏上了一条未知的路。常常带着我看世界的家庭，是我依靠的肩膀，没有什么比亲情更珍贵。我也有个活泼可爱的弟弟，我们两个相处得很融洽，相比我的苦闷，我的弟弟确实像那天上最亮的启明星，带给我欢乐。

因为有家，因为有深沉的牵挂，生命才不会因无根而枯萎，生命才会熠熠生辉。

在这世界上，既然做不了动谁芳心的娇艳玫瑰，那就去做野草，活得张扬，傲得洒脱。夹在石缝间又怎样？照样可以忘我生长，冲破束缚，肆意迎接每寸目光。

记不清有多少个夜晚，在我翻阅纸张时的指间滑落；记不清有多少支铅笔，在我的凝视中化为乌有。

纵观悠悠历史，失败的例子不胜枚举，几乎每一个人做每一件事，都可能失败，但我不后悔，道路蜿蜒，反倒多看了沿途的五光十色。

人生是美好的，又是短暂的。有的人生寂寞，有的人生多彩，不同的人有着不同的人生追求，人生是一条没有回程的单行线，每个人都用尽自己的时光前行，所以说人间值得你留恋。

生而自由，爱而无畏，要拿出不惧风雨的勇气面对未来。未来的路不会比过去更笔直、更平坦，但是我并不恐惧，我眼前还闪动着道路前方的野百合和野蔷薇的影子。所以，也希望你继续，兴致盎然地与世界交手，一直走在开满鲜花的路上。

祝读者们哪怕经历了曲折和跌宕，依然不会感到世界荒芜和冰凉。愿你全力以赴之后，满载而归。

天空很美却遥不可及，因为眼光放得太远，常常忽略了身边与天空一样美好的事物，其实爱就在身边。

我写这本书的初衷，是想通过文字，向那些在我人生旅途中给予我无私帮助和支持的人表达感激之情。在这段旅程中，我收获了许多宝贵的经验和感悟，希望通过这本书，与读者分享我的快乐。

首先，我要感谢我的家人。他们一直是我最坚实的后盾，给予我无尽的爱和支持。在我迷茫、困惑时，他们总是在我身边，鼓励我坚持下去。

其次，我要感谢我的学校——呼和浩特民族学院，以及老师们的栽培，特别是安宁老师和乌云高娃老师，和同学们的关心。他们给予我丰富的知识和宝贵的经验，让我在人生道路上不断成长和进步。他们的支持和鼓励，让我更加坚定自己的信念和追求。

此外，我还要感谢那些在我人生旅途中给予我帮助和支持的编辑姐姐和朋友们。他们在我遇到困难时，总是毫不犹豫地伸出援手，给予我力量和勇气，是他们的友谊和陪伴，让我在人生道路上不再孤单。

最后，我要感谢那些购买这本书的读者们。你们的支持和鼓励是我写作的动力和源泉。我希望通过这本书，能够与你们分享我的成长，同时也能够激发你们的思考和感悟。

这本书是我对未来的展望和期许。通过这本书，我希望能够向那些在我人生旅途中给予我帮助和支持的人表达我的感激之情。同时，我也希望通过这本书，能够激励更多的人勇敢面对生活中的挑战和困难，追求自己的梦想和目标。

在这本书里，写到的姐弟亲情在记忆的温暖中被保存。有一种关心不请自来，兄弟姐妹永远相互关怀；有一种默契无可取代，兄弟姐妹心有灵犀一点通；有一种思念因你而存在，兄弟姐妹血浓于水情常在。希望能与弟弟永远心相连、情相牵。祝他永远开心快乐，平安吉祥。

在这个世界上，一星陨落，暗淡不了星空灿烂；一花凋零，荒芜不了整个春天。信念之于人，犹翅膀之于鸟，信念是飞翔的翅膀。只有启程，才会到达理想的目的地；只有拼搏，才会获得辉煌的成功；只有播种，才会有收获。小小的盒子承载着你一生的平凡，兜兜转转你有能几回到人间逛一逛呢！

人生的乖谬，生命的悲剧，黎明的光芒，人间真的值得。

再次感谢所有人的支持和帮助！